suhrkamp taschenbuch 2291

In einem Antiquariat in Barcelona findet der Erzähler das Tagebuch von Maqroll, dem Seefahrer. Es berichtet von der abenteuerlichen Fahrt auf einem der vielen Flüsse, die in den Kordilleren entspringen. Ziel der Reise des Seefahrers ist ein Sägewerk, irgendwo flußaufwärts, wo Maqroll Holz kaufen will, um es auf dem Rückweg, flußabwärts, gut zu verkaufen. Aber je weiter Maqroll in den Urwald hineinfährt, je weiter er sich von der Zivilisation entfernt, desto mehr nähert er sich mit seinem Erleben, seinen Erinnerungen, Träumen und Mißgeschicken sich selbst: Die Flußreise wird zur Lebensreise. Das Sägewerk, das das Schiff nach Monaten endlich erreicht, erweist sich als unzugänglicher, mythologischer Ort.

Die Eindringlichkeit der Bilder dieses Romans erinnert an die Bücher seines Landsmanns Gabriel García Márquez und auch an die Filme von Werner Herzog.

Álvaro Mutis, 1923 in Bogotá, Kolumbien, geboren, lebt seit 1956 in Mexiko-Stadt. Er wird heute als einer der großen Schriftsteller Lateinamerikas »entdeckt« und in viele Sprachen übersetzt. In seinem Werk – Lyrik, Erzählungen, Romane – ist das Meer eine Konstante, fast ein eigener Protagonist.

Auf deutsch erschienen seine Romantrilogie *Der Schnee des Admirals; Ilona kommt mit dem Regen; Ein schönes Sterben* und zuletzt der Roman *Die letzte Fahrt des Tramp Steamer* (Suhrkamp Verlag 1994).

Álvaro Mutis
Der Schnee des Admirals

Roman

Aus dem Spanischen von
Katharina Posada

Suhrkamp

Die Übersetzung wurde für die vorliegende Ausgabe überarbeitet.
Titel der Originalausgabe: *La nieve del almirante*
Umschlagfoto: Stephan Erfurt

suhrkamp taschenbuch 2291
Erste Auflage 1994

Suhrkamp Taschenbuch Verlag
Satz: Leingärtner, Nabburg
Druck: Nomos Verlagsgesellschaft, Baden-Baden
Printed in Germany
Umschlag nach Entwürfen von
Willy Fleckhaus und Rolf Staudt

1 2 3 4 5 6 – 99 98 97 96 95 94

Der Schnee des Admirals

Für Ernesto Volkening[1]
(Antwerpen 1908 – Bogotá 1983)

Ihm zu Ehren und zur Erinnerung
an seine makellose Freundschaft
und sein unvergeßliches Vorbild.

N'accomplissant que ce qu'il doit;
Chaque pêcheur pêche pour soi:
Et le premier recueille, en les mailles qu'il serre,
Tout le fretin de sa misère;
Et celui-ci ramène à l'étourdie
le fond vaseux des maladies;
Et tel ouvre les nasses
Aux désespoirs qui le menacent;
Et celui-là recueille au long des bords,
Les épaves de son remords.

Emile Verhaeren[2], »Les Pêcheurs«

Indem er ausführt, was nur er vollbringen muß,
Fischt jeder Fischer für sich allein:
Der erste fängt in den Maschen, die er zusammenzieht,
Den ganzen Abschaum seines Elends;
Und dieser hier holt mit dumpfen Sinnen
Den schlammigen Grund der Krankheiten hervor;
Und ein anderer öffnet seine Reusen
Der Verzweiflung, die ihm droht;
Und jener dort sammelt längs des Ufers
Die Überreste seiner Reue ein.

Emile Verhaeren, »Die Fischer«

Prolog

Ich dachte, daß die gesamten Schriften, Briefe, Dokumente, Erzählungen und Memoiren Maqrolls des Seefahrers schon durch meine Hände gegangen seien und daß diejenigen, die um meine Neugierde an seinem Lebensweg wußten, ihre Suche nach schriftlichen Spuren seines unheilvollen Umherirrens aufgegeben hatten, und doch hielt der Zufall noch eine merkwürdige Überraschung bereit, zu einem Zeitpunkt, da ich sie am wenigsten erwartete.

Zu den heimlichen Freuden, die mir das Schlendern durch das Barrio Gótico in Barcelona bereitet, gehört der Gang zu den dortigen Antiquariaten, die meiner Meinung nach am besten sortiert sind und deren Besitzer noch die subtilen Fähigkeiten, das wohltuende Einfühlungsvermögen und menschenscheue Wissen bewahren, welche die Tugenden des wahren Buchhändlers sind. Allerdings handelt es sich hier um eine Spezies, die auszusterben droht. Vor einigen Tagen ging ich in die Calle Botillers, wo mir das Schaufenster einer alten Buchhandlung auffiel, die meistens geschlossen ist und die für die Gier des Sammlers wirklich außergewöhnliche Schätze bereithält. An diesem Tag war sie geöffnet. Ich trat mit der Ehrfurcht dessen ein, der das Heiligtum eines längst vergessenen Kultes betritt. Ein junger Mann mit dem dichten Bart eines spanischen Juden, elfenbeinfarbener Haut und schwarzen, wässrigen Augen, in denen leichtes Erstaunen lag, saß dort hinter einem Haufen durcheinanderliegender Bücher und Karten, die er mit einer peinlich genauen und etwas altertümlichen Schrift katalogisierte. Er lächelte mir kurz zu und ließ mich dann nach guter alter Buchhändlerart zwischen den Regalen schnüffeln, während er sich so unauffällig wie möglich verhielt. Als ich einige Bücher beiseite legte, die ich zu kaufen beabsichtigte, stieß ich plötzlich auf eine wunderschöne, in Purpurleder gebundene Ausgabe des Buches von P. Raymond, das ich schon seit Jahren suchte und dessen Titel mir nun schon zur Verheißung geworden war: Enquête du Prévot de Paris sur l'assassinat de Louis Duc d'Orléans[3]; *von der* Bibliothèque de l'Ecole de Chartres *1865 herausgegeben. So wurde mein jahrelanges Warten durch einen Glücksfall belohnt, den ich mir seit langem kaum erträumt hätte. Ich nahm das Exemplar, ohne es zu öffnen, und fragte den bärtigen jungen Mann nach dem Preis. Er nannte ihn mir, indem er den Betrag mit jenem entschiedenen, endgültigen und kategorischen Tonfall aussprach, der seiner stolzen Zunft eigen ist. Ohne zu zögern, zahlte ich alles zusammen mit den übrigen ausgewählten Büchern und ging hinaus, um meine Errungenschaft langsam und wollüstig auf einer Bank des kleinen Platzes zu genießen, wo sich die Statue Ramón Berenguers des Großen[4] befindet. Als ich das Buch durchblätterte, bemerkte ich, daß in dem hinteren Buchdeckel eine Tasche angebracht war, in die ursprünglich geographische Karten und genealogische Hefte eingeschoben waren, welche den vorzüglichen Text Professor Raymonds ergänzten. An deren Stelle aber fand ich eine Menge Blätter, die meisten davon rosafarben, gelb oder himmelblau, die wie Warenrechnungen oder Buchhalterpapier aussahen. Als ich sie näher untersuchte, bemerkte ich eine winzige Schrift in violet-*

ter Tinte, die, so möchte ich behaupten, ein wenig zittrig und fieberhaft wirkte, und ab und zu auch Spuren vom Speichel des Schreibers dieser engen Zeilen aufwies. Sie waren beidseitig beschrieben, wobei die ursprünglichen Zeilen auf der Rückseite ausgespart wurden, so daß ich erkennen konnte, daß es sich in der Tat um Rechnungsformulare handelte. Plötzlich fiel mir ein Satz ins Auge, der mich die akribische Nachforschung des französischen Historikers über den hinterhältigen Mord am Bruder Karls VI. von Frankreich im Auftrag von Jean sans Peur[5], Herzog von Burgund, vergessen ließ. Am Ende der letzten Seite konnte man die mit grüner Tinte und einer etwas kräftigeren Schrift verfaßten Worte lesen: »Geschrieben von Maqroll, dem Seefahrer, während seiner Fahrt den Fluß Xurandó hinauf. Zur Übergabe an Flor Estévez, wo auch immer sie sich befinden mag. Hôtel de Flandre, Antwerpen.«

Da das Buch Unterstreichungen und Randnotizen in der gleichen Tintenfarbe aufwies, konnte ich leicht daraus folgern, daß unser Seefahrer, um sich nicht von diesen Seiten trennen zu müssen, sie in jener Buchtasche aufbewahrt hatte, die eigentlich für bedeutsamere akademische Zwecke gedacht war.

Während die Tauben weiter die edle Gestalt des Eroberers von Mallorca und Schwiegersohns des Cid[6] entehrten, begann ich die bunten Seiten zu lesen, auf denen der Seefahrer von seinen Mißgeschicken und Erinnerungen, Gedanken, Träumen und Phantasien erzählte, während er einen der vielen Flüsse hinauffuhr, die aus dem Gebirge kommen, um sich in dem dunklen Pflanzengewirr des unermeßlichen Urwalds zu verlieren. Viele Abschnitte waren mit einer festeren Handschrift ge-

schrieben, woraus man leicht folgern konnte, daß die Erschütterungen durch den Motor des Schiffes, mit dem der Seefahrer unterwegs war, für die zittrige Handschrift verantwortlich waren, die ich zu Anfang den Fieberanfällen zugeschrieben hatte, die in jenem Klima so häufig vorkommen und sich jeglichem Medikament oder Heilungsversuch erfolgreich widersetzen.

Dieses Tagebuch des Seefahrers ist wie so viele andere Dinge, die er als Zeugnis seines selbstgewählten Schicksals schriftlich hinterlassen hat, eine undefinierbare Mischung verschiedener Gattungen: Sie reicht von der unbedeutenden Schilderung alltäglicher Begebenheiten bis zur Aufzählung rätselhafter Grundsätze, die er für seine Lebensphilosophie hielt. Ihn hier verbessern zu wollen wäre einer blanken Überheblichkeit gleichgekommen, und man hätte seine ursprüngliche Absicht verraten, die doch darin bestand, Tag für Tag die Erlebnisse seiner Reise festzuhalten, einer Reise, von deren Eintönigkeit und Nutzlosigkeit ihn seine Tätigkeit als Chronist womöglich ablenkte.

Andererseits erschien es mir nur gerecht, diesem Tagebuch als Titel den Namen jenes Hauses zu geben, wo Maqroll die längste Zeit über eine gewisse Ruhe und die Zuneigung von Flor Estévez genoß, der Eigentümerin des Hauses, jener Frau, die ihn am besten verstand und die sich in das Reich seiner Träume und in die mühselige Wirrnis seines Daseins einfühlen konnte.

Ebenso fiel mir ein, daß es den Leser von Maqrolls Tagebuch interessieren könnte, auch andere Nachrichten über ihn in die Hand zu bekommen, die in der einen oder anderen Form mit den Begebenheiten und Menschen zusammenhängen, die er in seinem Tagebuch erwähnt. Aus diesem Grunde habe ich am Ende dieses Bandes einige Berichte über unseren Protagonisten zusammengestellt, die schon in früheren Veröffentlichungen erschienen sind und die erst hier den ihnen gebührenden Platz einnehmen.

Tagebuch des Seefahrers

15. März

Die Berichte, die ich besaß, gaben an, daß ein Großteil des Flusses bis zum Fuße der Kordilleren[7] gut schiffbar sei. Natürlich ist dem nicht so. Wir fahren auf einem Schiff mit flachem Kiel, dessen Dieselmotor mit krächzender Sturheit gegen den Strom ankämpft. Über den Bug ist ein Sonnensegel gespannt, das durch Eisenstangen gehalten wird, an denen Hängematten angebracht sind, zwei an Backbord und zwei an Steuerbord. Passagiere, wenn welche an Bord sind, lagern in der Mitte des Schiffes auf dem mit Palmenblättern bedeckten Boden, welche die Reisenden vor der Hitze beschützen, die die Metallplatten ausstrahlen. Das Echo ihrer Schritte hallt in der Leere des Kielraumes gespenstisch und grotesk wider. Wir müssen fortwährend anhalten, um das Schiff wieder flottzumachen, wenn es auf einer der Sandbänke, die je nach den Launen der Strömung plötzlich entstehen und sich wieder auflösen, festsitzt. Zwei der vier Hängematten werden von uns Passagieren belegt, die wir in Puerto España an Bord gegangen sind, und die übrigen zwei vom Maschinisten und vom Lotsen. Der Kapitän schläft im Bug unter einem bunten Sonnenschirm, den er je nach dem Stand der Sonne dreht. Er befindet sich immer in halbtrunkenem Zustand, den er mit weiser Dosierung aufrechterhält, so daß er sich stets in jener Stimmung befindet, in der Euphorie von Schläfrigkeit abgelöst wird, die ihn aber nie vollkommen übermannt.

Seine Befehle haben nichts mit dem Verlauf der Reise zu tun, und sie versetzen uns immer wieder in ärgerliche Verblüffung: »Auf geht's! Achtung mit dem Wind! Hart im Kampfe, hinweg mit den Schatten! Das Wasser gehört uns! Verbrennt das Lot!«, und so geht es den ganzen Tag und einen guten Teil der Nacht. Weder der Maschinist noch der Lotse achten auf diese Litanei, die sie dennoch in irgendeiner Form wachsam und in Einsatzbereitschaft hält und ihnen die nötige Geistesgegenwart vermittelt, um die nicht endenden Fallen des Xurandó[8] aufzuspüren. Der Maschinist ist ein Indianer, den man auf Grund seines Schweigens fast als stumm bezeichnen könnte und der sich nur ab und zu mit dem Kapitän verständigt, und zwar in einer schwer übersetzbaren Mischung aus verschiedenen Sprachen. Er läuft barfuß und mit nacktem Oberkörper umher. Er trägt Hosen aus einem melierten Stoff, die vollkommen ölig sind und die er unter seinem ansehnlichen und glatten Bauch zusammenschnürt, aus dem ein Nabelbruch hervorsteht, der sich in dem Maße dehnt und zusammenzieht, wie sein Eigentümer sich bemüht, den Motor in Gang zu halten. Seine Beziehung zu diesem ist ein klarer Fall von Transsubstantiation; die zwei werden eins und leben in ein und derselben Anstrengung: daß das Schiff vorankomme. Der Lotse ist eines jener Wesen mit einer unerschöpflichen Fähigkeit zur Mimikry. Seine Gesichtszüge, Gesten, Stimme und sonstigen persönlichen Eigenschaften haben einen solchen Grad der Nichtexistenz erreicht, daß man sie sich unmöglich einprägen kann. Seine Augen liegen sehr nahe an der Nasenkrümmung, und ich kann ihn mir nur ins Gedächtnis rufen, indem ich mir den finsteren Monsieur Rigaud aus ›Die kleine Dorrit‹ vor Augen führe. Doch nicht einmal dieser unauslöschliche Bezug hilft auf die Dauer. Die Figur von Dickens verfliegt, wenn ich den Lotsen betrachte. Komischer Vogel. Mein Reisegefährte in dem Schiffsbereich, der von dem Sonnensegel geschützt wird, ist ein hünenhafter Blonder, der einige Worte mit einem slawischen Akzent kaut, durch den sie fast völlig unverständlich werden. Er ist ruhig und raucht fortwährend die stinkenden Zigaretten, die ihm der Lotse zu einem Wucherpreis verkauft. Er ist, soweit ich informiert bin, zu demselben Ort unterwegs wie ich, zu dem Sägewerk, dessen Holz auf diesem selben Weg hinuntergebracht wird und um dessen Transport ich mich angeblich kümmern soll. Das Wort »Sägewerk« löst in der Schiffsmannschaft Heiterkeit aus, was mich keineswegs amüsiert, sondern mich hilflos einem unbestimmten Zweifel aussetzt. Eine Colemanlampe[9] leuchtet uns nachts; gegen sie prallen Insekten von so verschiedenen Farben und Formen, daß ich ab und zu den Eindruck habe, daß jemand dieses Treiben mit einer unausdeutbaren lehrhaften Absicht lenkt. Ich lese beim Licht der Glühstrümpfe, bis der Schlaf mich wie eine sofort wirkende Medizin überwältigt. Die gedankenlose Leichtigkeit des Mannes aus Orléans beschäftigt mich noch für einen Augenblick, bevor ich in einen abgrundtiefen Schlaf falle. Der Motor verändert fortwährend seinen Rhythmus, was uns in einen andauernden Zustand der Ungewißheit versetzt. Es ist zu befürchten, daß er jeden Augenblick für immer aussetzt. Die Strömung erscheint immer unbezwingbarer und launischer. All dies ist absurd, und ich werde nie erfahren, warum ich mich auf dieses Unternehmen eingelassen habe. Es ist immer dasselbe am Beginn meiner Reisen. Später dann stellt sich die wohltuende Gleichgültigkeit ein, die alles wieder gutmacht. Ich erwarte sie mit Sehnsucht.

18. März

Es geschah das, was ich schon seit einiger Zeit befürchtete: Die Schiffsschraube stieß auf einen mit Wurzeln bewachsenen Grund, so daß sich die Achse verbog, die sie antreibt. Die Erschütterungen wurden immer furchtbarer. Wir mußten an einem Schiefersandstrand anlegen, der einen süßlichen, pflanzlichen, sehr penetranten Geruch ausströmte. Mit den unglaublichsten und idiotischsten Manövern kämpfte die Mannschaft mehrere Stunden lang in einer lähmenden Hitze, bis ich es schaffte, den Kapitän zu überzeugen, daß man die Achse nur geradebiegen könne, wenn man sie erhitze. Ein Schwarm Moskitos fiel über uns her. Glücklicherweise sind wir alle immun gegen diese Plage, mit Ausnahme des riesigen Blonden, der den Angriff mit zornigem und starrem Blick aushielt, als ob er nicht wüßte, woher die Qual kam, die ihn peinigte.

Bei Anbruch der Dämmerung erschien eine Indianerfamilie, ein Mann, eine Frau, ein Junge von sechs Jahren und ein vierjähriges Mädchen. Alle waren völlig nackt. Sie starrten in das Feuer mit der Gleichgültigkeit von Reptilien. Sowohl die Frau als auch der Mann sind von makelloser Schönheit. Er hat breite Schultern, und seine Arme und Beine bewegen sich mit einer Langsamkeit, die die Harmonie seiner Glieder noch stärker betont. Die Frau, von gleicher Statur wie der Mann, hat üppige, aber feste Brüste, und die Schenkel münden in breite Hüften, die anmutig gerundet sind. Eine leicht ölige Schicht bedeckt ihre Körper und verwischt die eckigen Konturen der Gelenke und Gebärden. Beide tragen die Haare in Form von Kappen. Sie werden mit einer pflanzlichen Substanz eingerieben, welche sie ebenholzfarben macht und steif erhält und sie nun mit den letzten Strahlen der Sonne aufleuchten läßt. Sie stellen ein paar Fragen in ihrer Sprache, die keiner versteht. Sie haben scharf gefeilte Zähne, und ihre Stimmen hören sich an wie das klanglose Gurren eines schläfrigen Vogels. Als die Nacht anbricht, haben wir es geschafft, das Achsenstück geradezubiegen, aber erst morgen werden wir es wieder einsetzen können. Die Indianer haben ein paar Fische gefangen und sind an das andere Ufer gegangen, um sie zu verzehren. Das Gemurmel ihrer kindlichen Stimmen dauert bis in die Morgendämmerung an. Ich lese, bis ich den Schlaf finde. In der Nacht läßt die Hitze nicht nach, und in meiner Hängematte liegend denke ich lange über die boshaften Indiskretionen des Grafen von Orléans nach und an gewisse Züge seines Charakters, die sich bei vielen Familienmitgliedern der Nebenlinie wiederholen werden, zwar immer in einem anderen Familienzweig, aber mit der gleichen Neigung zu Verrat, zu galanten Abenteuern, dem unheilbringenden Vergnügen, sich zu verschwören, der Gier nach Geld und einer permanenten Unaufrichtigkeit. Man müßte ein wenig darüber nachdenken, warum sich solche Verhaltenskonstanten bis in unsere Tage hinein an Prinzen so verschiedener Abstammung so rein erhalten haben.

Das Wasser schlägt an den flachen und metallenen Rumpf mit eintönigem, aber dennoch aus einem unerfindlichen Grunde tröstlichen Rauschen.

21. März

Am nächsten Tag kam die Indianerfamilie frühmorgens an Bord. Während wir uns bemühten, die Schiffsschraube unter Wasser zu montieren, blieb sie auf dem mit Palmen belegten Deck stehen. Den ganzen Tag verharrte sie dort, ohne sich zu bewegen oder gar ein Wort von sich zu geben. Weder der Mann noch die Frau sind an irgendeiner Stelle des Körpers behaart. Sie zeigt ihr Geschlecht, das wie eine frisch geöffnete Frucht erscheint, und er das seine mit der langen Vorhaut, die sich zu einer Spitze formt. Man könnte meinen, ein Stachel oder ein Sporn, jedenfalls etwas, dem die Idee des Sexuellen völlig fremd ist und das nicht die geringste erotische Bedeutung hat. Manchmal lächeln sie und zeigen ihre spitzen Zähne, so daß ihr Lächeln jede Spur von Freundlichkeit oder einfacher Anteilnahme verliert.

Der Lotse erklärt mir, daß es in dieser Gegend üblich sei, daß die Indianer den Fluß auf den Schiffen der Weißen befahren. Sie pflegen keine Erklärungen abzugeben und sagen auch nie, wo sie an Land gehen wollen. Eines Tages verschwinden sie, wie sie gekommen sind. Sie sind friedlich, nehmen nie etwas, das ihnen nicht gehört, und teilen auch nicht das Essen mit den übrigen Passagieren. Sie leben von Kräutern, rohem Fleisch und ungekochten Reptilien. Einige kommen mit Pfeilen bewaffnet an Bord, deren Spitzen in Kurare getunkt sind, das tödliche Pfeilgift, dessen Zubereitung ein Geheimnis ist, das sie niemals verraten.

Während ich in dieser Nacht in tiefem Schlaf lag, überfiel mich plötzlich der Geruch von fauliger Limetta[10], von brünstiger Schlange, ein zunehmender, süßlicher und unerträglicher Gestank. Ich öffnete die Augen. Die Indianerin starrte mich an und lächelte mir mit einer Boshaftigkeit zu, die etwas Raubtierhaftes besaß, aber gleichzeitig von einer ekelerregenden Unschuld war. Sie legte ihre Hand an mein Geschlecht und begann mich zu streicheln. Sie legte sich neben mich. Als ich in sie eindrang, meinte ich, in einer faden Masse Wachs zu versinken, die widerstandslos alles mit einer unbeweglichen, pflanzlichen Trägheit geschehen ließ. Der Geruch, der mich aufgeweckt hatte, wurde mit der Nähe dieses weichen Körpers, der beim Berühren überhaupt nicht an weibliche Formen erinnerte, immer durchdringender. Übelkeit stieg in mir auf. Ich wurde so schnell es ging fertig, um mich nicht zum Übergeben vorzeitig zurückziehen zu müssen. Sie entfernte sich schweigend. Währenddessen lag der Indianer in der Hängematte des Slawen – die Körper ineinander verschlungen – und drang in diesen ein, indem er den leichten Schrei eines Vogels in Gefahr von sich gab. Der riesige Blonde drang seinerseits in ihn ein, und der Indianer setzte sein Stöhnen fort, das keinem menschlichen Laut glich. Ich ging zum Bug und versuchte mich, so gut ich konnte, zu waschen in einem verzweifelten Versuch, die stinkende Schicht fauligen Sumpfes abzuwischen, die mir am Körper klebte. Ich übergab mich mit Erleichterung. Jetzt noch steigt mir auf einmal wieder der übelriechende Atem in die Nase, der mich, fürchte ich, noch lange verfolgen wird.

Die Indianerfamilie verharrte stehend in der Mitte des Schiffes, und ihr Blick verlor sich in den Baumkronen, während sie unaufhörlich eine Masse aus Blättern, die wie Lorbeerblätter aussehen, und Fischfleisch oder Fleisch von Eidechsen kauten, die sie mit erstaunlicher

Geschicklichkeit fangen. Der Slawe hatte gestern nacht die Indianerin in seine Hängematte genommen, und heute morgen erwachte er mit dem Indianer in den Armen, der über ihm schlief. Der Kapitän trennte sie, nicht aus Prüderie, wie er erklärte, sondern, meinte er mit stotternder Stimme, weil der Rest der Mannschaft dem Beispiel des Slawen folgen könnte, was zu gefährlichen Komplikationen führen würde. Die Reise, fügte er hinzu, wäre lang, und der Urwald besäße eine unkontrollierbare Macht über das Verhalten derer, die nicht in ihm aufgewachsen sind. Er mache sie reizbar und erzeuge oft einen Rauschzustand, der nicht ungefährlich sei. Der Slawe murmelte ich weiß nicht was für Erklärungen, die ich nicht verstehen konnte, und kehrte ruhig zu seiner Hängematte zurück, wo er eine Tasse Kaffee trank, die ihm der Lotse reichte, den er vermutlich schon länger kannte. Ich mißtraue der folgsamen Sanftmut dieses Riesen, in dessen Augen manchmal ein Hauch von Ermüdung und traurigem Wahnsinn sichtbar wird.

24. März

Wir sind in einer weiten Lichtung des Urwalds angelangt. Endlich, nach so vielen Tagen, werden Himmel und Wolken wieder sichtbar, die mit wohltuender Langsamkeit vorüberziehen. Die Hitze ist größer geworden, aber sie belastet uns nicht mehr mit dieser drückenden Schwüle, die uns allmählich unter dem grünen Gewölbe der großen Bäume auszuhöhlen begann. Das Geräusch des Motors verliert sich nach oben, und unser Planchón[11], ein Flußkahn mit flachem Kiel, gleitet dahin, ohne daß wir mit ansehen müßten, wie er verzweifelt gegen den Strom ankämpft. Ein Gefühl, das dem Glück gleichkommt, breitet sich in mir aus. Auch den anderen ist die Erleichterung anzumerken. Aber dort in der Ferne deutet sich erneut eine dunkle Pflanzenwand an, die uns innerhalb weniger Stunden wieder verschlingen wird.

Die friedliche Sonnenpause und relative Stille sind geeignet, die Gründe zu untersuchen, die mich dazu getrieben haben, diese Reise zu unternehmen. Ich hörte die Geschichte mit dem Holz zum ersten Mal im *Schnee des Admirals*, dem Laden von Flor Estévez in den Kordilleren. Ich lebte seit einigen Monaten mit ihr zusammen und heilte eine Wunde aus, die in den Mangrovenwäldern des Deltas durch einen giftigen Fliegenstich am Bein entstanden war. Flor Estévez pflegte mich mit einer distanzierten, aber entschlossenen Zärtlichkeit, und in den Nächten liebten wir uns ziemlich unbequem durch die Lähmung meines Beines, aber mit einem Gefühl der Erleichterung und Befreiung von vorangegangenen Mißgeschicken, die jeder auf seine Weise wie eine erdrückende Last mit sich trug. Ich glaube, daß ich über die Tage bei Flor Estévez in den Kordilleren in früheren Aufzeichnungen berichtet habe. Zum *Schnee des Admirals* kam der Besitzer eines Lastwagens, den er selbst fuhr und der mit Vieh beladen war, das er in den Llanos[12] gekauft hatte. Er erzählte uns die Geschichte mit dem Holz, das man in einem Sägewerk an der Grenze des Urwaldes kaufen und dann flußabwärts bei den Militärposten, die jetzt überall an den Ufern des großen Xurandó errichtet würden, zu einem viel höheren Preis wieder verkaufen könnte. Als meine Wunde geheilt war, machte ich mich auf den Weg hinab in den Urwald, mit etwas Geld, das mir Flor gegeben hatte, und mit dem wachsenden Verdacht, daß an diesem Unternehmen etwas nicht stimmte. Die Kälte des Gebirges und der fortwährende Nebel, der wie eine Sträflingsprozession über die zwerghafte und struppige Vegetation dieser Gegend hinwegzog, erweckten in mir den unbezwingbaren Drang, in das heiße Klima des Tieflandes einzutauchen. Das noch gültige Vertragsangebot, ein Frachtschiff mit tunesischer Flagge zwecks einiger Montagen und Umbauten in einen Bananenfrachter nach Antwerpen zu bringen, schickte ich ohne Unterschrift zurück. Ich gab einige ungeschickte Erklärungen ab, die die Besitzer, alte Freunde und Kameraden früherer Abenteuer und Schwierigkeiten, derer eines Tages auch gedacht werden soll, sicherlich verwirren mußten.

Als ich an Bord dieses Schiffes ging, erwähnte ich das Sägewerk, doch hatte niemand eine genaue Vorstellung, wo es lag, ja nicht einmal seine Existenz konnte man mir bestätigen. Immer ist mir bisher das gleiche passiert: Die Unternehmen, in die ich mich stürze, tragen das Stigma des Unbestimmten, den Fluch einer listigen Wandlung. Und hier fahre ich nun flußaufwärts wie ein Narr, im voraus wissend, wo dies alles enden wird. Im Urwald, wo mich nichts erwartet und dessen Eintönigkeit und Klima einer Leguanenhöhle mich fertigmacht und mich traurig stimmt. Fern vom Meer, ohne Frauen und die Sprache von Irrsinnigen sprechend. Und währenddessen wartet mein lieber Abdul Bashur auf mich, Kamerad so vieler Nächte am Ufer des Bosporus und so vieler unvergeßlicher Versuche, in Valencia und Toulon zu schnellem Geld zu kommen, und denkt, daß ich vielleicht schon tot bin. Die Art und Weise, wie sich diese tiefen Stürze in meinem Leben wiederholen, die von vornherein falschen Entscheidungen, die Sackgassen, deren Summe wohl die Geschichte meines Daseins ergibt, beschäftigt mich außerordentlich. Eine leidenschaftliche Sehnsucht nach Glück, die dennoch ständig enttäuscht wird, täglich auf Abwege gerät und schließlich immer wieder zwanghaft in elenden Niederlagen endet! All das widerspricht so völlig dem, was eigentlich meinem wahren Wesen nach in Erfüllung gehen müßte, wäre da nicht mein ewiger Hang zum Scheitern. Wer soll das verstehen? Schon gelangen wir wieder in den grünen Tunnel dieses finster lauernden Urwalds, schon steigt sein Geruch von Unglück und lauer, fauliger Grabluft zu mir hoch.

27. März

Heute morgen, als wir ans Ufer gingen, um mehrere Kisten mit Insektiziden in einer von Militärs besetzten Ranchosiedlung abzuladen, gingen die Indianer von Bord. Dort erfuhr ich, daß mein Nachbar in der Hängematte Ivar heißt. Das Pärchen verabschiedete ihn vom Ufer aus und zwitscherte: »Ivar. Ivar«, während dieser mit der Sanftmut eines protestantischen Pfarrers lächelte. Bei Anbruch der Nacht, als wir in unseren Hängematten lagen und die Colemanlampe noch nicht angezündet war, um die Insekten nicht anzulocken, fragte ich ihn auf Deutsch, woher er sei, und er antwortete, aus Pärnu in Estland. Wir redeten bis spät, tauschten Erinnerungen und Erfahrungen von Orten aus, die uns beiden vertraut waren. Wie so oft offenbart uns plötzlich die Sprache einen völlig anderen Menschen, als wir uns vorgestellt haben. Nun macht er auf mich den Eindruck eines äußerst harten, rationalen und kalten Mannes, der seine Mitmenschen zutiefst verachtet und dies hinter Formeln verbirgt, deren Verlogenheit er selbst jedoch als erster verrät. Der Mann ist mit Vorsicht zu genießen. Seine Meinungen und Kommentare zu der erotischen Episode mit dem Indianerpärchen hören sich an wie ein von eiskaltem Zynismus erfüllter Traktat eines Menschen, der nicht nur von Scham und gesellschaftlicher Konvention Abschied genommen hat, sondern auch von der fundamentalsten und einfachsten Zärtlichkeit. Er sagt, daß er auch zum Sägewerk führe. Als ich es Fabrik nannte, stürzte er sich in eine konfuse Erklärung über die Beschaffenheit der Installationen, was zu meiner weiteren Entmutigung und Ungewißheit beitrug. Wer weiß, was mich in diesem Loch am Rande des Gebirges erwartet? Ivar. Nachher, im Traum, verstand ich plötzlich, warum mir der Name so bekannt vorkam. Ivar, der Schiffsjunge, der an Bord der »Morning Star« erstochen wurde, Opfer des Bootsmannes, der darauf bestand, daß dieser ihm seine Uhr gestohlen hätte, als sie gemeinsam zu dem Hafenbordell Pointe-à-Pitre hinuntergingen. Ivar, der ganze Absätze lang Kleist zitieren konnte und dessen Mutter ihm einen Pullover gestrickt hatte, den er in den kalten Nächten stolz trug. Im Traum empfing er mich mit seinem üblichen warmen und unschuldigen Lächeln und versuchte mir zu erklären, daß er nicht der andere, mein Nachbar in der Hängematte sei. Ich verstand sofort seine Sorge und versicherte ihm, daß ich das sehr wohl wüßte und daß überhaupt keine Verwechslung möglich sei.

Ich nütze die frische Morgendämmerung, um zu schreiben. Die lange Nachforschung über den Mord an dem Herzog von Orléans beginnt mich zu langweilen. In diesem Klima überleben nur die elementarsten und gemeinsten Begierden und bahnen sich ihren Weg inmitten einer Welle von Stumpfheit, die unerbittlich über uns zusammenbricht.

Doch wenn ich ein bißchen länger über diese immer wiederkehrenden Niederlagen, diese Sackgassen, in die ich mich mit immer gleicher Plumpheit verirre, nachdenke, merke ich plötzlich, daß neben mir noch ein anderes Leben vorbeigezogen ist. Ein Leben, das an mir vorüberzog, ohne daß ich es wahrnahm. Aber da ist es, da verharrt es und stellt die Summe jener Augenblicke dar, in denen ich diese Abzweigung des Weges verwarf, als ich einen anderen Ausweg wählte. So hat sich im Lauf der Zeit der blinde Strom eines anderen Schicksals gebildet, das meines hätte sein können, das in gewisser Weise an jenem anderen Gestade fortbesteht, an dem ich nie gewesen bin, und das parallel zu meinem alltäglichen Leben verläuft. Dieser andere Strom ist mir fremd, und dennoch reißt er alle Träume, Chimären, Pläne und Entscheidungen mit sich fort, die so sehr mir gehören wie diese unruhige Gegenwart, und er könnte den Stoff für eine Geschichte abgeben, die sich nun im Wartesaal der Möglichkeiten abspielt. Eine Geschichte, die der jetzigen, die mich betrifft, vielleicht gleicht, die aber all das in sich birgt, was hier nicht war und dort weiter ist, die Gestalt annimmt, die neben mir herfließt wie geisterhaftes Blut, das mich beim Namen ruft und doch nichts von mir weiß. Wenn man so will, wäre sie ein und dieselbe, weil ich ebenfalls *ihr* Darsteller gewesen wäre und sie mit meiner üblichen linkischen Angst geprägt hätte, aber dennoch völlig verschieden in ihren Episoden und Personen. Ich denke auch, daß es in unserer letzten Stunde gerade dieses andere Leben sein wird, das mit dem schmerzlichen Bewußtsein des endgültig Verlorenen und Ungenützten vorbeiziehen wird, und nicht das reale, erfüllte, dessen Stoff kaum einen Seitenblick, eine nachträgliche, versöhnende Überprüfung verdient, da es nicht so viel hergibt und ich mir auch nicht wünsche, daß es die Vision sei, die meinen letzten Augenblick erleichtert. Oder den ersten? Das ist eine Angelegenheit, die ich ein anderes Mal überdenken sollte.

Der große und dunkle Nachtfalter, der mit seinen samtenen Flügeln gegen den gläsernen Lampenschirm schlägt, beginnt mein Bewußtsein zu lähmen und mich in einen Zustand plötzlicher Panik zu versetzen, unerträglich, verrückt. Ich warte, in Schweiß gebadet, daß er sein Flattern um das Licht aufgibt und wieder in die Nacht flüchtet, aus der er kam und zu der er so vollkommen gehört. Ivar, der meine vorübergehende Gelähmtheit nicht einmal bemerkt hat, löscht die Lampe und versinkt in Schlaf, tief atmend. Ich beneide ihn um seine Gleichgültigkeit. Ob es in einem verborgenen Winkel seines Wesens wohl eine Lücke gibt, wo das unbekannte Grauen lauert? Ich glaube es nicht. Deshalb ist er zu fürchten.

2. April

Erneut sitzen wir auf den Sandbänken fest, die sich plötzlich gebildet haben, als wir ans Ufer gingen, um einen Schaden zu beheben. Gestern kamen zwei Soldaten an Bord, die zu dem militärischen Grenzposten wollen, um ihren Malariaanfall auszukurieren. Auf den Palmenblättern ausgestreckt, zittern sie, vom Fieber geschüttelt. Ihre Hände lassen nicht ab von den Gewehren, die mit eintöniger Regelmäßigkeit auf das eiserne Deck schlagen.

Ich stelle einige Lebensgrundsätze auf im Bewußtsein ihrer reinen Nutzlosigkeit. Es ist eine meiner Lieblingsbeschäftigungen. Sie bewirkt, daß ich mich besser fühle, und ich glaube immer, daß ich damit ein wenig Ordnung in mein Inneres bringe. Es sind alte Verhaltensreste aus der Jesuitenschule, die nichts taugen und zu nichts führen, aber die die Wirkung eines wohltuenden Psalms haben, an dem ich mich festhalte, wenn der Boden unter mir nachgibt. Also sehen wir mal:

Die Zeit zu überdenken, ergründen zu wollen, ob die Kategorien Vergangenheit und Zukunft gültig sind und ob es sie überhaupt gibt, führt uns in ein Labyrinth, das uns zwar vertraut, aber deshalb um so schwerer zu entziffern ist.

Jeden Tag sind wir ein anderer, aber wir vergessen stets, daß es unseren Nächsten ebenso ergeht. Darin besteht vielleicht das, was die Menschen Einsamkeit nennen. Entweder ist es so, oder das Ganze ist ein feierlicher Unsinn.

Wenn wir eine Frau belügen, werden wir wieder zu dem kleinen, schutzlosen Jungen, der in seiner Hilflosigkeit keinen Halt findet. Die Frau nährt sich von den dunkelsten Plänen des Himmels, so wie die Pflanzen, die Gewitter des Urwaldes und das Rauschen des Wassers. Es ist besser, dies früh genug zu erkennen. Anderenfalls warten auf uns verheerende Überraschungen.

Der Hieb eines Messerstiches im Körper eines schlafenden Menschen; die trockenen Wundränder, die nicht bluten. Der Schwindel, das Todesröcheln, die endgültige Stille – das Leben gibt uns einige Gewißheiten: dieses schwer enträtselbare, zielsichere, unstete und gleichgültige Leben.

Gewisse Dinge müssen wir bezahlen, andere werden wir immer schuldig bleiben. Das glauben wir jedenfalls. In diesem »Wir müssen« verbirgt sich die Falle. Auf Schritt und Tritt bezahlen und schulden wir, und oft wissen wir es nicht einmal.

Die Geier, die über den Abgründen schreien und um ihre Beute kreisen, sind das einzige Bild, das mir einfällt, um die Menschen zu charakterisieren, die zu Gericht sitzen, Gesetze machen und regieren. Verflucht sollen sie sein!

Eine Karawane stellt nichts dar, noch symbolisiert sie irgend etwas. Unser Fehler besteht darin zu denken, daß sie irgendwohin zöge oder von irgendwoher käme. Der Sinn der Karawane erschöpft sich in ihrer Fortbewegung. Das wissen die Tiere, die sie bilden, aber die Karawanenführer ignorieren es. So wird es immer sein.

Den Finger in die Wunde halten. Menschenwerk, diese Aufgabe für Bastarde, die keine Bestie zu erfüllen imstande wäre. Torheit von Propheten und wahrsagenden Scharlatanen. Schlechtes Vorbild, das doch so geachtet und gefragt ist.

Alles, was wir über den Tod sagen, alles, was man zu diesem Thema anzumerken hat, bleibt ein fruchtloses, völlig unnützes Vorhaben. Wäre es nicht besser, für immer zu schweigen und abzuwarten? Ach, verlange das nicht vom Menschen! Im Grunde scheint er die Parze zu brauchen, vielleicht steht er ausschließlich in ihrer Gewalt.

Der Körper einer Frau, über den das Wasser eines Gebirgsbaches fließt, ihre kurzen Schreie der Überraschung und des Jubels, die schlagende Bewegung ihrer Arme zwischen den schaumigen Wellen, welche rote Kaffeebohnen, Zuckerrohrmark und Insekten mit sich fortreißen, die kämpfen, um dem Strom wieder zu entkommen: Das ist das Bild eines Glückes, das sich mit Sicherheit niemals wiederholen wird.

Auf dem Friedhof der Ritter von Rodas, dessen Ruinen sich auf einem steilen Felsgelände in der Nähe von Tripolis erheben, gibt es ein anonymes Grab mit folgender Inschrift: »Hier war es nicht«. Es gibt keinen Tag, an dem ich nicht über diese Worte nachdenke. Sie sind so klar und umfassen doch gleichzeitig das ganze Geheimnis, das zu ertragen uns aufgegeben ist.

Vergessen wir wirklich einen Großteil dessen, was uns widerfährt? Ist es nicht eher so, daß dieses Stück Vergangenheit als Samen, als unsichtbarer Ansporn dient, damit wir zu einem Ziel aufbrechen, das wir nachlässig aufgegeben hatten? Törichter Trost. Doch, wir vergessen. Und es ist gut so.

Sentenzen wie Kalenderweisheiten aneinanderzureihen erscheint mir wie eine seichte Beschäftigung, die aus dem Müßiggang und dem unfreiwilligen Warten auf eine Veränderung der launischen Strömung erwächst. Sie dient am Ende nur dazu, mich der Kraft, die ich dringend benötige, um die auszehrende Arbeit in diesem verdammten Klima zu verrichten, noch mehr zu berauben.

Ich wende mich wieder der Durchsicht der Liste und der schlichten Biographien derer zu, die den Orléans in jener düsteren Ecke der Rue Vieille-du Temple überfallen haben, und informiere mich über ihre darauffolgende

Bestrafung durch die Hand Gottes oder der Menschen; denn all das hat dabei eine Rolle gespielt.

7. April

Vorgestern starb einer der Soldaten. Die Sandbänke hatten sich gerade aufgelöst und der Motor war angesprungen, als das Schlagen eines der Gewehre plötzlich nachließ. Der Lotse rief nach mir und bat mich, ihm bei der Untersuchung der Leiche zu helfen, die reglos, den Blick starr auf das Dickicht des Urwaldes gerichtet, inmitten einer Schweißlache lag, welche die Palmenblätter aufweichte. Sein Kamerad hatte das Gewehr des Toten an sich genommen und betrachtete ihn, ohne ein Wort zu sagen. »Man muß ihn sofort begraben«, meinte der Lotse mit dem Tonfall dessen, der weiß, was er sagt. »Nein« – antwortete der Soldat –, »ich muß ihn zum Militärposten bringen. Dort liegen seine Sachen, und mein Oberleutnant muß den Fall melden.« Der Lotse sagte nichts, aber es war klar, daß die Zeit ihm recht geben würde. In der Tat mußten wir heute anlegen, um die Leiche zu begraben, die schon furchtbar aufgedunsen war und eine üble Geruchsspur hinterließ, die einen Schwarm von Geiern anzog. Auf den Befestigungsstangen des Hecksonnensegels hatte sich bereits der König des Schwarmes niedergelassen, ein wunderschöner Geier in glänzendem Pechschwarz, mit einer orangenen Halskrause und einer stolzen Krone aus rosa Federn. Sein Auge blinzelte und ließ dabei mit der Regelmäßigkeit einer Blende eine himmelblaue Membrane fallen. Wir wußten, daß sich die anderen Vögel so lange nicht nähern würden, bis er der Leiche den ersten Schnabelhieb versetzt hatte. Während wir das Grab an der Grenze zwischen Strand und Urwald schaufelten, schaute er uns von seinem Aussichtspunkt aus mit würdevollem Blick zu, nicht frei von Verachtung. Man muß gestehen, daß die Schönheit dieses majestätischen Tieres dem übereilten Begräbnis einen gewissen feierlichen Anstrich verlieh, eine Art militärischer Würde, die mit der Stille des Ortes übereinstimmte und nur vom Schlagen des Wassers gegen den flachen Rumpf des Schiffes unterbrochen wurde.

Wir fahren durch eine Gegend, in der die Lichtungen mit einer Regelmäßigkeit auftauchen, die wie Menschenwerk anmutet. Der Fluß staut sich, und die Strömung leistet unserem Schiff kaum noch Widerstand. Der überlebende Soldat hat die Krise überwunden und nimmt die Chinintabletten mit soldatischem Stoizismus. Jetzt hütet er die Waffen, von denen er sich nie trennt. Er unterhält sich mit uns unter dem Sonnenschirm des Kapitäns und erzählt uns Geschichten von den Vorhutposten, der Zusammenarbeit mit den Soldaten des angrenzenden Landes und den Raufereien in den Kantinen an Feiertagen, die immer mit mehreren Toten der einen oder anderen Seite enden. Diese werden dann mit militärischen Ehren beigesetzt, als seien sie in Erfüllung ihrer Pflicht gefallen. Er hat die Bauernschläue der Gebirgsbewohner, pfeift die ›S‹, wenn er spricht, und betont mit einer eigentümlichen Geschwindigkeit, die seine Sätze schwer verständlich macht, solange man sich noch nicht an den Rhythmus dieser Sprache gewöhnt hat, die mehr der Verschleierung als der Mitteilung dient. Als Ivar anfängt, ihn über gewisse Einzelheiten auszufragen, welche die Bewaffnung des Grenzpostens und die Anzahl von

Rekruten betreffen, die dieser beherbergt, schließt er halb die Augen, lächelt verschmitzt und antwortet etwas, das mit der Sache überhaupt nichts zu tun hat. Auf jeden Fall scheint er nicht viel Sympathie für uns zu empfinden, und ich glaube, daß er uns nicht verzeiht, daß wir seinen Kameraden ohne sein Einverständnis begraben haben. Aber es gibt noch einen einfacheren Grund. Wie für jeden, der eine militärische Ausbildung erhalten hat, sind wir Zivilisten auch für ihn eine Bande dummer Störenfriede, die man beschützen und ertragen muß; immer in düstere Geschäfte und alberne Unternehmen verwickelt. Sie können weder befehlen noch gehorchen, das heißt, sie sind nicht in der Lage, durch das Leben zu gehen, ohne Unordnung und Unruhe zu stiften. Durch seine kleinsten Gesten gibt er es uns fortwährend zu verstehen. Im Grunde empfinde ich Neid, und obwohl ich ständig versuche, seine unerschütterliche Weltanschauung zu unterminieren, muß ich anerkennen, daß sie vor der stumpfen Zerstörung des Urwaldes bewahrt, dessen Wirkung sich an uns mit unheilvoller Eindeutigkeit zeigt.

Das Essen, das der Lotse zubereitet, ist einfach und monoton: Reis, zu einem unförmigen Brei verarbeitet, Bohnen mit Trockenfleisch und gebratene Plátanos[13]. Danach gibt es etwas, das Kaffee sein soll, in Wirklichkeit aber eine dünne Brühe von undefinierbarem Geschmack ist, die mit Zuckerwürfeln vermischt in der Tasse einen beunruhigenden Satz aus Insektenflügeln, pflanzlichen Resten und Fragmenten ungewissen Ursprungs hinterläßt. Alkohol gibt es fast gar nicht. Nur der Kapitän trägt ständig eine Feldflasche mit Aguardiente[14] bei sich, aus der er mit eiserner Regelmäßigkeit einige Schlucke zu sich nimmt, den anderen aber nie etwas davon anbietet. Aber man verspürt ohnehin kaum Lust, dieses Gebräu zu trinken, das, dem Atem dieses Herrn nach zu urteilen, ein Zuckerrohrdestillat niederster Qualität sein muß, das wahrscheinlich in irgendeiner Siedlung im Binnenland schwarz hergestellt wird und dessen Wirkung ins Auge springt.

Nach dem Essen, als der Soldat mit seinen Geschichten geendet hatte, gingen alle auseinander. Ich blieb auf dem Vorderschiff, in der Hoffnung, ein wenig frische Luft zu schnappen. Der Kapitän ließ seine Beine über die Reling hängen und genoß seine Pfeife. Der Rauch soll ja angeblich die Moskitos vertreiben, was mich in diesem Fall nicht erstaunte angesichts der miesen Qualität der dunklen Blätter, deren bitterer Geruch nicht im entferntesten an Tabak erinnerte. Der Mann wurde gesprächig, was bei ihm äußerst selten vorkommt. Er begann, mir seine Geschichte zu erzählen, als ob die Redseligkeit des Soldaten ihm wie bei einer Osmose, die bei solchen Reisen öfter vorkommt, die Zunge gelöst hätte. Was ich diesem verworrenen Monolog, den er mit schwerfälliger Stimme vortrug und in den er lange, umständliche Sätze ohne jeglichen Sinn einbaute, entnehmen konnte, hat mich durchaus interessiert. Es kamen darin Episoden vor, die mir vertraut erschienen und die genausogut aus gewissen Epochen meiner eigenen Vergangenheit stammen konnten.

Er wurde in Vancouver geboren. Sein Vater war zuerst Minenarbeiter, dann Fischer. Seine Mutter, ein Indianermädchen, war mit seinem Vater geflohen. Ihre Brüder verfolgten das Paar noch wochenlang, bis der Vater es eines Tages schaffte, sie mit Hilfe eines befreundeten Wirtes betrunken zu machen. Als sie die Kneipe verließen, wartete er auf sie und tötete sie auf der Stelle. Das Indianermädchen billigte das Verhalten des Mannes, und wenige Tage später fand die Hochzeit in einem katholischen Missionshaus statt.

Seitdem führte das Paar ein Wanderleben. Als er geboren wurde, überließ man ihn der Obhut der Nonnen. Eines Tages kehrten die Eltern nicht mehr zurück. Als der Junge fünfzehn Jahre alt war, entfloh er und begann als Küchenjunge auf den Fischerbooten zu arbeiten. Später ließ er sich auf einem Tanker anheuern, der Öl nach Alaska transportierte. Auf demselben Schiff gelangte er dann in die Karibik, wo er während mehrerer Jahre die Route zwischen Trinidad und den Küstenstädten befuhr. Sie transportierten Flugbenzin. Der Kapitän des Schiffes gewann den Jungen lieb und lehrte ihn das Einmaleins der Seefahrt. Es war ein Deutscher, ein ehemaliger U-Bootkommandant, der ein Bein verloren hatte. Er besaß keine Familie und fing schon frühmorgens an, eine Mischung aus Champagner und leichtem Bier zu trinken, zu dem er kleine Häppchen schwarzen Brotes mit Hering, Roquefortkäse, Lachs oder Sardellen zu sich nahm. Eines Morgens lag er tot am Boden seiner Kajüte. Mit der Hand umklammerte er ein Eisernes Kreuz, das er unter seinem Kopfkissen versteckt gehalten und auf den hohen Wogen seiner Trunkenheit immer stolz vorgezeigt hatte. Für den Jungen begann damals eine lange Pilgerfahrt durch die Häfen der Antillen, bis er in Paramaribo an Land ging. Dort tat er sich mit der Besitzerin eines Bordells zusammen, einer Mulattin holländischer, indischer und schwarzer Abstammung. Sie war ungeheuer dick, von jovialem Charakter und rauchte ständig dünne Zigarren, die ihr die Mädchen des Hauses drehten. Sie liebte Klatschgeschichten und führte das Geschäft mit erstaunlichem Talent. Unser Held gewöhnte sich an den Rum mit geschmolzenem Zucker und Zitrone. Er überwachte drei Billardtische, die am Eingang des Etablissements standen und mehr dazu da waren, die Behörden abzulenken, als den Kunden zu dienen. Mehrere Jahre vergingen; die zwei verstanden und ergänzten sich auf eine so beispielhafte Weise, daß das Unternehmen nach und nach zu einer Institution wurde, von der man auf sämtlichen Inseln sprach. Eines Tages kam ein chinesisches Mädchen, das in dem Haus arbeiten wollte. Ihre Eltern verkauften sie an die Besitzerin und siedelten sich mit dem Erlös in Jamaica an. Sie schrieben ihr noch zwei oder drei Postkarten, und danach hörte sie nichts mehr von ihnen. Das neue Mädchen war kaum sechzehn Jahre alt, klein, schweigsam und sprach nur wenige Worte Papiamento, die Sprache der Kreolen auf Curaçao. Der Matrose wurde auf sie aufmerksam und nahm sie mehrmals unter den großmütigen und zerstreuten Blicken der Puffmutter auf sein Zimmer. Seine Leidenschaft zu der Chinesin wuchs, und eines Tages floh er mit ihr, nicht ohne vorher einige Schmuckstücke der Besitzerin und das bißchen Geld, das in der Billardkasse war, zu entwenden. Sie irrten einige Zeit in der Karibik umher, bis sie auf einem schwedischen Frachter, wo er als Gehilfe im Stauraum arbeitete, in Hamburg landeten. Das wenige Geld, das sie zusammengebracht hatten, gaben sie dort aus. Sie bekam einen Vertrag für ein Cabaret in Sankt Pauli. Dort führte sie eine komplizierte erotische Akrobatiknummer mit zwei weiteren Frauen vor. Die drei stiegen auf eine kleine Bühne, auf der sie stundenlang in ihrer endlosen Pantomime verharrten, die die

Kunden in Erregung versetzte, während sie wie abwesend erschienen, auf ihrem Gesicht ein Automatenlächeln behielten und im Körper die Elastizität von Akrobaten, welche keine Erschöpfung kennen. Später nahm sie mit einem Tataren an einem *Sketch* teil, einer Routinevorstellung, die dem Paar zugewiesen wurde, eine ziemlich groteske Darbietung, die von einer bleichsüchtigen Klarinettistin musikalisch begleitet wurde. Eines Tages sah sich der Kapitän – so nannte er sich schon damals – in einen Heroinhandel verwickelt, der ihn zwang, Hamburg und die Chinesin zu verlassen, um nicht in die Hände der Polizei zu geraten.

Darauf erzählte der Kapitän eine verworrene Episode, in der Cádiz und ein Geschäft mit Wimpeln des Seefahrtalphabets eine Rolle spielten, die dank gewisser, kaum wahrnehmbarer Veränderungen die Verständigung zwischen Schiffen mit illegaler Fracht an Bord ermöglichten. Ich konnte nicht in Erfahrung bringen, ob es sich dabei um Waffen, jüdische Arbeitskräfte oder um unbehandeltes Uran handelte. Auch dazu gehörte eine Geschichte mit Frauen. Eine verplauderte sich am Ende, und die Guardia civil hob die Werkstatt aus, wo die besagten Wimpel angefertigt wurden. Ich verstand nicht ganz, wie er sich rechtzeitig aus der Affäre hatte ziehen können. Schließlich landete er in Belem do Pará. Dort beteiligte er sich am Handel mit Halbedelsteinen. Er befuhr den Fluß, führte alle möglichen Transaktionen durch und versumpfte heillos im Alkohol. Er erwarb den Planchón von einem Militärposten, wo überflüssiges Armeegerät verscherbelt wurde, und zog damit in das Innere jenes verworrenen Netzes von Nebenflüssen, die im Urwald zusammenlaufen und ein phantastisches Labyrinth bilden. Inmitten des Rausches, der seine Sinne betäubt, hat er aus einem unerfindlichen Grunde, der jeder Logik entbehrt, sein unfehlbares Orientierungsvermögen bewahrt, ebenso wie die Autorität über seine Untergebenen, die ihm eine Mischung aus Angst und vorbehaltlosem Vertrauen entgegenbringen, die er schamlos, aber auch mit stoischer Gelassenheit ausnutzt.

10. April

Allmählich beginnt sich das Klima zu verändern. Demzufolge nähern wir uns schon den Ausläufern der Kordilleren. Die Strömung wird stärker und das Flußbett enger. Morgens erklingt der Gesang der Vögel näher und vertrauter, und der Duft der Vegetation wird intensiver. Wir entfernen uns aus der klebrigen Feuchtigkeit des Urwaldes, die die Sinne abstumpft und jeglichen Klang, Duft oder jegliche Form verzerrt, die wir wahrzunehmen versuchen. In den Nächten weht eine leichtere, weniger schwüle Brise. Die bisherige hatte uns mit ihrem klebrigen und modrigen Dunst häufig den Schlaf geraubt. Heute morgen hatte ich einen Traum, der zu einer besonderen Sorte von Träumen gehört. Er wiederholt sich immer dann, wenn ich mich dem warmen Land nähere, dem Klima der Kaffeepflanzungen, Plátanos, reißenden Flüsse und der unaufhörlichen, einschläfernden nächtlichen Regenfälle. Es sind Träume, die das Glück ankündigen und von denen eine eigentümliche Kraft ausgeht, wie die Vorwegnahme eines Glückszustandes, der natürlich vorübergehend ist und sich auch sofort wieder in die unvermeidbare, niedergeschlagene Stimmung verwandelt, die ich allzugut kenne. Aber dieser Hoffnungsschimmer, der kaum verweilt und mir bessere Tage verheißt, genügt, um mich an mein Leben, diesen chaotischen Zusammenbruch von Plänen und unheilvollen Abenteuern, zu binden. Ich träume, daß ich an einem historischen Augenblick teilhabe, an einem Scheideweg des Schicksals der Nationen, und daß ich im kritischen Moment eine Meinung, einen Rat beisteuere, der den Lauf der Dinge völlig verändert. Mein Eingreifen ist im Traum so entscheidend und die Lösung, die ich bereithalte, so richtig, daß ich auf einmal ein großes Vertrauen in meine Fähigkeiten verspüre. Es vermittelt mir angesichts meiner Tatkraft ein Glücksgefühl, das auch dann noch andauert, als ich erwache, und mehrere Tage lang erholsam wirkt.

Ich träumte, daß ich Napoleon am Tage nach der Schlacht von Waterloo in Jemappes oder Umgebung traf, in einem Landhaus flämischen Stils. Der Kaiser geht in Begleitung einiger bestürzter Gehilfen und Zivilisten in einem kleinen Zimmer mit halbzerfallenen Möbeln auf und ab.

Er grüßt mich zerstreut und setzt sein unruhiges Gehen fort. »Was gedenken Sie zu tun, Sire?« frage ich ihn in dem herzlichen und bestimmten Ton eines alten Bekannten. »Ich werde mich den Engländern ergeben. Es sind ehrenvolle Soldaten. England ist immer mein Feind gewesen, sie respektieren mich und sind die einzigen, die für meine Sicherheit und die meiner Familie garantieren können.« »Das wäre ein schwerwiegender Fehler, Majestät«, erwidere ich ihm mit derselben Bestimmtheit. »Die Engländer sind ein Volk, das kein Ehrenwort kennt, und ihre Seekriege führten sie mit listigen Fallen und zynischer Piraterie. In ihrer Eigenschaft als Inselbewohner sind sie mißtrauisch, so daß sie in jedem den Feind wittern.« Napoleon lächelt und bemerkt: »Vergißt er etwa, daß ich Korse bin?« Ich verberge die Verwirrung, an der meine Unaufmerksamkeit schuld ist, und plädiere weiterhin für die Flucht nach Südamerika oder auf die karibischen Inseln. Die übrigen Anwesenden beteiligen sich an der kontroversen Diskussion; der Kaiser zögert und neigt schließlich dazu, meinen Vorschlag zu befolgen. Wir schiffen uns in einen Hafen ein, der an Stockholm erinnert, und reisen von dort aus auf einem Dampfer, der von einem riesigen Schaufelrad angetrieben wird und der zur Unterstützung der Dampfmaschine noch Segelwerk hat, nach Südamerika. Napoleon macht Bemerkungen zur Fortschrittlichkeit eines solch merkwürdigen Schiffsfahrzeuges, und ich erkläre ihm, daß diese Schiffe schon länger in Südamerika verkehren, daß sie außerdem sehr sicher und schnell seien und die Engländer uns darin nie das Wasser reichen könnten. »Wie heißt dieses Schiff?« fragt Napoleon mit einer Mischung aus Neugierde und Argwohn. »Marschall Sucre, Sire«, antworte ich ihm. »Wer war dieser Soldat? Ich habe seinen Namen noch nie gehört.« Ich erzähle ihm die Geschichte des Marschalls von Aycacucho und seiner hinterlistigen Ermordung in den Bergen von Berruecos. »Und dorthin wollen Sie mich bringen?« fragt Napoleon vorwurfsvoll und schaut mich mit offenem Mißtrauen an. Er befiehlt seinen Offizieren, mich festzunehmen, und diese sind im Begriff, über mich herzufallen, als das Getöse der Maschinen, die den Rhythmus ändern, sie stutzen läßt, während sie den schwarzen und dichten Rauch betrachten, der aus dem Schornstein steigt. Ich erwache. Einen Augenblick lang hält das Gefühl der Erleichterung an, in Sicherheit zu sein, ein Gefühl, das sich mit der Genugtuung verbindet, dem Kaiser einen richtigen Ratschlag gegeben zu haben, und ihm auf die Weise die Jahre der Demütigung und des Elends auf St. Helena erspart zu haben. Ivar starrt mich verdutzt an, und ich merke, daß ich auf eine Weise lache, die ihm rätselhaft und irritierend erscheinen muß. Wir sind zu den ersten, kaum wahrnehmbaren Stromschnellen gekommen. Der Motor hat seine Kraft verdoppeln müssen. Das war das Geräusch, das mich geweckt hat. Das Boot wiegt sich und taumelt, als ob es auseinanderbrechen wollte. Ein Schwarm Papageien kreuzt am Himmel mit jubelndem Gekreische, das sich in der Ferne wie ein Versprechen von Glück und unbegrenzten Möglichkeiten verliert.

Der Soldat verkündet, daß wir bald den Militärposten erreichen werden. Ich glaube, einen Hauch von Unruhe, von versteckter Angst in den Gesichtern des Lotsen und des Esten zu entdecken. Es wird immer offenkundiger, daß diese beiden Kumpane irgendwelcher Machenschaften, Partner eines obskuren Geschäfts sind. Ich nutzte die Gelegenheit, als der Kapitän einen einigermaßen klaren Kopf zu haben schien und die zwei leise mit dem Soldaten redeten, um ersteren zu fragen, ob er etwas darüber wüßte. Er schaute mich lange an und erläuterte dann schon ein bißchen konkreter: »Sie werden beide eines Tages unter der Erde landen. Man weiß jetzt schon mehr über sie, als für sie gut ist. Es ist nicht das erste Mal, daß sie diese Reise zusammen unternehmen. Ich könnte gleich mit ihnen abrechnen, aber ich ziehe es vor, daß andere sich um sie kümmern. Es sind elende Schlucker. Machen Sie sich keine Sorgen.« Da ich einen

Großteil meines Lebens im Umgang mit Halunken ähnlicher Sorte verschwendet habe, ist es nicht Beunruhigung, was ich empfinde, sondern Überdruß, wieder eine Episode der immer gleichen, so oft wiederholten und dummen Geschichte näherkommen zu sehen. Es ist die Geschichte derer, die sich dem Leben überlegen dünken, der Schlauen, die alles zu lenken meinen und denen in der Stunde des Todes die Überraschung auf dem Gesicht geschrieben steht: in diesem letzten Augenblick überrascht sie immer die Gewißheit, daß das, was ihnen widerfahren ist, genau der Tatsache zuzuschreiben ist, daß sie nichts verstanden haben und nie irgend etwas in den Händen hatten. Alte Geschichte; alt und langweilig.

12. April

Mittags vernehmen wir das Summen eines Motors. Minuten später beginnt ein Wasserflugzeug, über dem Schiff zu kreisen. Es handelt sich um einen Typ aus den heroischen Zeiten der Fliegerei in dieser Gegend. Ich wußte nicht, daß die Junkers immer noch fliegen. Diese hier hat sechs Sitzplätze, und der Rumpf ist aus Wellblech. Der Motor stottert manchmal, und dann sinkt das Wasserflugzeug bis knapp über die Wasseroberfläche ab für den Fall, daß ein Schaden auftritt. Eine Viertelstunde später verschwand die Ju in der Ferne, sehr zur Erleichterung des Lotsen und seines Freundes, die während der ganzen Zeit, da das Flugzeug unser Schiff überflog, angespannt und wachsam waren. Wir nahmen die übliche Mannschaftskost zu uns und waren gerade dabei, Siesta zu halten, als die Junkers plötzlich vor uns flach auf dem Wasser landete und sich dem Schiff näherte. Ein Offizier im Khakihemd, ohne Mütze und ohne vorschriftsmäßige Abzeichen, stieg auf die Schwimmer und machte uns Zeichen anzulegen, und zwar an einer Stelle, die er uns mit der Hand wies. So taten wir es, gefolgt von der Junkers, deren Motor mit halber Kraft lief. Wir legten an, und zwei Militärs stiegen aus dem Flugzeug und sprangen sofort auf unser Schiff. Sie trugen Pistolen am Gürtel, keiner hatte Abzeichen, aber auf Grund der Gesten und der Stimmen war leicht zu erraten, daß es sich um Offiziere handelte. Der Pilot trug ein Paar Handschuhe, deren Fingerspitzen durchgescheuert waren, und am Hemd glänzten die Silberflügel der Luftwaffe. Er blieb im Cockpit, während die anderen beiden Offiziere uns befahlen, unsere Papiere zu holen und unter dem Sonnendach im Bug zusammen zu bleiben. Der Soldat gesellte sich sofort zu seinen Vorgesetzten, und einer nahm das Gewehr des Toten an sich. Derjenige, der uns befohlen hatte anzulegen, begann uns auszufragen, ohne auch nur einen Blick auf die Papiere zu werfen, die wir in der Hand hielten. Man sah, daß er den Kapitän und den Maschinisten schon kannte. Er fragte bloß den ersteren, wohin er führe. Dieser antwortete: »Zu dem Sägewerk!« und flüchtete dann unter seinen Sonnenschirm, nachdem er einen Schluck aus seiner Feldflasche genommen hatte. Der Maschinist kehrte zu seinem Motor zurück. Das Verhör des Lotsen und Ivars war sehr viel ausführlicher, und in dem Maße, wie ihre Antworten immer unbestimmter und die Angst eindeutiger wurden, rückten der andere Offizier und der Soldat immer näher, bis sie hinter den Verdächtigen standen mit der klaren Absicht, deren Sprung ins Wasser zu verhindern. Als der Offizier mit ihnen fertig war, kam er zu mir und fragte mich nach meinem Namen und dem Ziel der Reise. Ich sagte ihm meinen Namen, doch bevor ich fortfahren konnte, antwortete der Kapitän an meiner Stelle: »Er fährt zum Sägewerk. Er ist eine Vertrauensperson.« Der Offizier verlor mich keinen Moment aus den Augen und schien die Worte des Kapitäns nicht gehört zu haben. »Tragen Sie Waffen bei sich?« fragte er mich in dem trockenen Ton dessen, der es gewohnt ist zu befehlen. »Nein«, antwortete ich sehr leise. »Nein, Herr, sagt man, wenn Sie vielleicht auch etwas länger dazu brauchen«, fügte er hinzu und kniff die Lippen zusammen. »Haben Sie Geld bei sich?« »Ja ... Herr, ein wenig.« »Wieviel?« »Zweitausend Pesos.« Er merkte, daß ich nicht die Wahrheit sagte, und kehrte mir den Rücken zu, um zu befehlen. »Bringen Sie diese zwei auf das Flugzeug!« Der Lotse und der Este zeigten eine leichte Regung zum Widerstand, aber als sie die Läufe der Gewehre in ihrem Rücken spürten, gehorchten sie still. Sie waren schon dabei, in die Kabine zu steigen, als der Offizier schrie: »Fesselt ihnen die Hände auf dem Rücken, Idioten!« »Wir wissen nicht womit, Herr Major«, entschuldigte sich der andere Offizier. »Mit den Gürteln, verdammt noch mal!« Während der Soldat auf sie zielte, legte der Offizier das Gewehr auf den Kabinenboden und fesselte die Gefangenen mit ihren eigenen Gürteln. Die grotesken Posen, die das Paar einnahm, um zu verhindern, daß ihnen die Hosen herunterrutschten, rief unter den Anwesenden nicht die geringste Belustigung hervor. Die zwei wurden auf das Wasserflugzeug gebracht, und der Pilot nahm seinen Platz hinter dem Steuer ein. Der Major beobachtete uns nachdenklich und wandte sich dann an den Kapitän in einem sachlichen, nun etwas weniger militärischen Tonfall: »Ich will keine Schwierigkeiten, Kapi. Sie haben sich hier ganz gut gehalten, ohne sich in Schwierigkeiten zu verwickeln. Bleiben Sie so, und wir werden uns weiterhin verstehen. Und Sie« – er zeigte mit dem Finger auf mich, als ob ich ein Rekrut wäre –, »machen Sie Ihre Arbeit und verschwinden Sie dann von hier. Wir haben nichts gegen Ausländer, aber je weniger kommen, desto besser. Passen Sie auf Ihr Geld auf, das Märchen mit den zweitausend Pesos können Sie Ihrer Großmutter erzählen, aber mir nicht. Mir ist es egal, wieviel Sie haben, aber Sie sollten wissen, daß man hier schon wegen zehn Centavos tötet, um Aguardiente kaufen zu können. Was das Sägewerk betrifft, nun gut. Sie werden es schon selbst merken. Ich möchte Sie nur so bald wie möglich wieder den Xurandó abwärts fahren sehen, das ist alles.« Er drehte sich um, ohne sich zu verabschieden, setzte sich neben den Piloten und schloß die Tür, die mit dem Scheppern schlecht zusammengenieteten Metalles zufiel, das von beiden Ufern widerhallte. Die Junkers entfernte sich, bis sie langsam und beschwerlich anstieg und sich über dem Urwald verlor, indem sie fast die Baumkronen streifte.

Der Kapitän schien die Worte des Majors nicht gehört zu haben. Er blieb in seiner Hängematte sitzen, ohne ein Wort zu sagen. Dann schaute er auf, um mir mitzuteilen: »Wir haben uns gerettet, Freund; wir sind um Haaresbreite davongekommen. Ich werde es Ihnen später noch erzählen. Ich wußte gar nicht, daß die Militärbasis wieder unter seiner Führung steht. Er kennt das Leben all derer, die sich hier herumtreiben. Sie hatten ihn zum Regimentsstab berufen, und ich dachte, daß er nicht zurückkäme. Deshalb riskierte ich es, die beiden mitzunehmen. Ich weiß nicht, warum er uns nicht auch hat mitgehen heißen. Wegen viel Geringerem als diesem hat er schon andere gefaßt. Mal sehen, ob ich in dem Posten einen Lotsen bekomme. Ich bin für diese Arbeiten nicht mehr geschaffen. Sie wissen schon, wo die Vorräte sind. Ich esse sehr wenig, so daß Sie sich Ihre Mahlzeit selber zubereiten müssen. Der Maschinist kommt auch selbst zurecht. Er kann sowieso nicht kochen, weil er sich um den Motor kümmern muß. Er bringt sein eigenes Essen mit und bereitet es sich da unten auf seine Weise zu. Also, fahren wir.« Der Maschinist kehrte zum Bug zurück, um den Platz des Lotsen einzunehmen. Er ließ das Schiff zurücktreiben und steuerte dann die Mitte des Flusses an, um stromaufwärts zu fahren. Im Laufe der Abenddämmerung merke ich, daß die Spannung und die getrübte und boshafte Stimmung nachgelassen haben, die der Lotse und Ivar mit ihren Blickwechseln, ihrem Flüstern und ihrem verwirrenden und verlogenen Benehmen erzeugt hatten. Die blinde Loyalität des Maschinisten gegenüber dem Kapitän, sein Schweigen und seine hingebungsvolle Mühe, jenen Motor in Gang zu halten, der seine Dienste schon vor Jahren hätte aufgeben müssen, um sich in Schrott zu verwandeln, verleihen ihm einen gewissen Schein von asketischem Heldentum.

13. April

Der Kontakt mit einer Welt, die durch die Atmosphäre von Verbannung und Benommenheit, in welche uns der Urwald einhüllt, aus dem Gedächtnis gelöscht war, hat mich beruhigt, trotz der Ahnung von Gefahr, die der Major mit seinen Worten und dringlichen Warnungen hervorgerufen hat. Und mehr noch, es ist die Gefahr selbst, die mich der alltäglichen Routine früherer Zeiten zurückgibt, Abwehrmechanismen wieder in Gang setzt und mir die nötige Aufmerksamkeit abverlangt, den leicht voraussehbaren Schwierigkeiten zu begegnen – lauter Antriebe, um der Apathie und der lähmenden, gleichgültigen Stumpfheit zu entkommen, in der ich mich mit einer erschreckenden Trägheit eingenistet hatte.

Die Vegetation wird immer schlanker und lichter. Der Himmel ist fast den ganzen Tag zu sehen, und in der Nacht haben die Sterne den vertrauten Glanz, der die Nähe zum Äquator beweist. Nur hier verströmen sie diese schützende und wachende Aura, die uns mit Ruhe erfüllt und mit der – wenn man so will – flüchtigen, aber in der Nacht belebend gegenwärtigen Gewißheit, daß die Dinge ihren Gang mit der fatalen Gleichmütigkeit gehen, die die Kinder der Zeit, die dem Schicksal ergebene Kreatur, uns Menschen, festhält. Der Stapel von Quittungen und Zolleingaben, die ich im Bug des Schiffes fand und die mir der Kapitän schenkte, um dieses Tagebuch zu schreiben, mein einziger Trost in der Ödnis dieser Reise, neigt sich dem Ende zu. Auch der Tintenstift ist bald verbraucht. Der Kapitän erklärt mir, daß ich in der Militärbasis, wo wir morgen ankommen werden, neuen Papiervorrat und einen anderen Stift besorgen könne. Ich kann mir nicht vorstellen, wie ich mich mit dieser so einfachen und offenherzig persönlichen Bitte an die höchste Autorität wenden soll, deren Stimme ich noch im Ohr habe. Nicht seine Worte, sondern den metallischen und nackten Tonfall, trocken wie ein Pistolenschuß, der wehrlos, schutzlos macht und die Bereitschaft erzeugt, blind und ruhig zu gehorchen. Mir fällt ein, daß diese Erfahrung neu für mich ist und daß ich eine derartige Probe noch nie bestehen mußte, weder in meinem Leben als Seefahrer noch in den verschiedensten Geschäften und Abenteuern an Land. Jetzt verstehe ich, wie jene unglaublichen Kavallerie-Attacken durchgeführt wurden. Ich überlege, ob das, was wir Mut nennen, vielleicht nicht mehr ist als die unbedingte Hingabe an die unbezähmbare, mitreißende, sachliche Kraft eines Befehls, der in diesem Tonfall erteilt wird. Man müßte länger darüber nachdenken.

14. April

Heute sind wir bei Tagesanbruch am Militärposten angelangt. An einem kleinen Holzkai angebunden, wiegt sich die Junkers in den Wellen. Dieses Flugzeug aus einer anderen Zeit, mit seinem Wellblech und der schwarz angestrichenen Nase, seinem Sternmotor und den halb verrosteten Flügeln, ist ein anachronistischer Anblick, eine merkwürdige Erscheinung, die ich später nur schwerlich in meinen Erinnerungen werde unterbringen können. Der Posten besteht aus einem Bau, der parallel zum Fluß verläuft, mit einem Zinkdach und Wänden aus Metallplatten, die auf Gestelle montiert sind. In der Mitte steht das kleine Büro der Kommandantur mit einem Flaggenmast davor, inmitten eines Geländes, das den ganzen Tag lang von Soldaten gekehrt wird, die irgendwelche Strafen zu verbüßen haben. In den zwei Seitenflügeln des Gebäudes sind die Hängematten der Truppe angebracht, und man erkennt die kleinen Nischen für die Offiziere, in denen jeweils nur eine Hängematte hängt. Ein Unteroffizier trat heraus, um uns zu empfangen, und führte uns zur Kommandantur. Der Major nahm uns auf, als hätte er uns noch nie gesehen. Er war weder höflich, noch hatte sich sein streng militärisches Gebaren geändert, aber er bewahrte eine Gleichgültigkeit und eine Distanz, die unsere Furcht milderte, seine Feindseligkeit wieder zu erregen, und gleichzeitig anzeigte, daß seine Wachsamkeit nicht nachgelassen, sondern sich nur leicht verlagert hatte auf andere Bereiche der täglichen Routine auf dem Militärposten.

Sie brachten uns am Ende des rechten Trakts unter. Der Maschinist zog es vor, zum Boot zurückzukehren und neben dem Motor zu schlafen. Wir aßen zusammen mit den Soldaten im hinteren Teil des Traktes an einem langen Tisch, der im Freien aufgestellt war. Das bißchen Flußfisch und die Möglichkeit, diesen bei einem Schluck Bier zu verzehren, gaben mir das Gefühl, an einem unvorhergesehenen Bankett teilnehmen zu dürfen. Nach dem Essen begrüßte uns der Soldat, der ein Stück mit uns gefahren war. Wir zündeten einige Zigarren an, die er uns schenkte, mehr um die Moskitos zu verjagen, als um den Tabak zu genießen, der sehr stark war. Wir fragten ihn nach den Gefangenen, die in die Junkers gestiegen waren. Ohne zu antworten, schaute er zum Himmel auf und senkte dann den Blick bis auf den Boden mit einer Beredsamkeit, die keiner weiteren Erklärung bedurfte. Es entstand eine kleine Pause, und dann erzählte er in einem Tonfall, der sich bemühte, natürlich zu wirken: »Die Erschießungen machen viel Lärm, und man muß zu viele Formalitäten erledigen. Dort hingegen fallen sie im Urwald auf einen Boden, der so sumpfig ist, daß sie sich mit dem Aufprall selbst ihr Grab schaufeln. Niemand fragt nach ihnen, und die Sache ist bald vergessen. Hier gibt es viel zu tun ...« Der Kapitän zog an einer Zigarre, während er in Richtung Urwald schaute und nach seiner Feldflasche griff wie einer, der sich seiner Zauberformel versichert, die er bei sich trägt, um alles Unglück zu bannen. Dieses schnelle Verfahren, sich Unerwünschter zu entledigen, war für ihn keineswegs eine Neuigkeit. Was mich betrifft, so muß ich gestehen, daß ich die Sache nach dem ersten Schauder, der mir über den Rücken gelaufen war, bald vergaß. Jetzt, da ich wieder daran denke, merke ich, daß es das Mitleid ist, das zuallererst abstumpft, wenn uns das Leben überrumpelt. Das allzu strapazierte, abgedroschene Wort von der menschlichen Solidarität, das für mich nie etwas Konkretes bedeutet hat. Man erwähnt es manchmal in Augenblicken der Panik. Dann denken wir jedoch eher an den Beistand der anderen als an die Hilfe, die wir leisten könnten. Unser Reisegefährte verabschiedete sich, und wir blieben noch ein wenig und betrachteten den Sternenhimmel und den Vollmond, dessen beunruhigende Nähe uns dann dazu bewog, die Schlaf- und Ruhestätte unserer Hängematten aufzusuchen. Ich hatte unseren Freund darum gebeten, mir Papier und einen neuen Stift zu besorgen. Nach einer Weile brachte er sie mir. Er erklärte mir mit einem Lächeln, das ich nicht deuten konnte: »Das schickt Ihnen mein Major und läßt Ihnen sagen, daß es Ihnen hoffentlich dazu dient, das aufzuschreiben, was Sie aufschreiben sollen und nicht, was Sie gerne aufschreiben möchten.« Es war offensichtlich, daß er die Botschaft mit unbeteiligtem Pflichtbewußtsein wiederholte, was ihn mir noch undurchsichtiger erscheinen ließ. Die Stille der

Nacht und das Fehlen des Motorgeräusches, an das ich mich schon gewöhnt hatte, halten mich noch lange wach. Ich schreibe, um Schlaf zu finden. Ich weiß nicht, wann wir abfahren werden. Je eher, desto besser wäre es. Das ist kein Ort für mich. Von allen Orten, die mich aufgenommen haben, und das sind so viele und so verschiedene, daß ich sie gar nicht mehr alle aufzählen könnte, ist dieser hier ohne Zweifel der einzige, wo mir alles feindlich und fremd erscheint, wo eine Gefahr in der Luft schwebt, mit der ich nicht umzugehen weiß. Ich schwöre mir, mich nie wieder in eine solche Lage zu bringen, die mir, zum Teufel noch mal, gerade noch fehlte.

15. April

Heute morgen, als wir uns bereit machten abzufahren, kam das Wasserflugzeug zurück, das in der Frühe mit dem Major und dem Piloten gestartet war. Der Maschinist begann, den Dieselmotor warmlaufen zu lassen, und der Kapitän brachte zusammen mit dem neuen Lotsen, den man ihm in der Basis zur Verfügung gestellt hatte, den Proviant im Bug unter. Ein Soldat rief mir vom Ufer aus etwas zu. Der Major wolle mit mir sprechen. Der Kapitän schaute mich argwöhnisch und etwas ängstlich an. Es war offensichtlich, daß er in dem Moment mehr an sich als an mich dachte. Als ich die Kommandantur betrat, kam der Major gerade aus dem Büro. Er machte eine Geste mit der Hand, als wolle er mich am Arm nehmen, um mich zu einem Spaziergang durch das Gelände einzuladen. Ich folgte ihm. Auf seinem dunklen, ebenmäßigen Gesicht mit dem schwarzen Schnurrbart, den er sorgsam, aber ohne Koketterie zu pflegen schien, lag ein Anflug von Ironie und Fürsorglichkeit, die zwar nie vollends herzlich wirkte, aber dennoch ein gewisses Vertrauen einflößte. »Sie sind also entschlossen, bis zu den Sägewerken hinaufzufahren?« fragte er, während er sich eine Zigarette anzündete. »Sägewerke? Man hatte mir nur von einem einzigen erzählt.« »Nein, es sind mehrere«, erwiderte er und schaute mit einem zerstreuten Blick zum Schiff. »Nun ja, ich glaube nicht, daß das viel an der Sache ändert. Wichtig ist doch, das Holz einzukaufen und es dann flußabwärts zu bringen«, antwortete ich ihm und spürte dabei im Magen eine mir schon vertraute Beklemmung: Sie weist mich jedesmal darauf hin, daß ich gegen die Hindernisse einer Wirklichkeit stoße, die ich bis dahin fälschlicherweise meinen Wünschen angepaßt hatte.

Wir gingen bis zum äußersten Punkt des Geländes. Der Major rauchte mit genüßlicher Langsamkeit, als wäre es die letzte Zigarette seines Lebens. Am Ende des Weges blieb er stehen, schaute mir ins Gesicht und sagte: »Sie werden sich schon so gut es geht zu helfen wissen. Das geht mich nichts an. Aber eines will ich Ihnen raten: Sie sind nicht der Typ, hier lange Zeit zu bleiben. Sie kommen aus anderen Ländern, anderen Klimazonen mit anderen Menschen. Der Urwald besitzt nichts Geheimnisvolles, wie man anzunehmen pflegt. Das ist seine größte Gefahr. Er ist ausschließlich das, was Sie gesehen haben. Das, was Sie hier vor sich haben. Einfach, offenkundig, eintönig, gefährlich. Hier stumpft das Hirn ab, verwischt sich die Zeit, vergißt man Regeln, verlernt man Freude, und auch Trauer gelingt nicht.« Er machte eine Pause und inhalierte eine Rauchwolke, die er beim Sprechen wieder ausstieß. »Ich weiß, daß man Ihnen von dem Ende der Gefangenen erzählt hat. Jeder von ihnen hatte eine Geschichte, die viele Seiten einer Akte hätte füllen können, die man nie anlegen wird. Der Este verkaufte Indianer an der Grenze. Diejenigen, die er nicht verkaufen konnte, vergiftete er und warf sie in den Fluß. Später verkaufte er Waffen an die Kokain- und Mohnpflanzer und informierte uns dann über den Standort ihrer Plantagen und Lager. Er tötete grundlos und ohne Haß. Nur um Leid zu erzeugen. Der Lotse stand ihm in nichts nach, aber er war geschickter, und wir konnten erst vor ein paar Monaten seine Beteiligung an einem planmäßigen Massaker an Indianern nachweisen, das sie veranstalteten, um das Land zu verkaufen, das die Regierung den Indianern zugestanden hatte. Nun gut, es ist zwecklos, Ihnen noch mehr über diese zwei Subjekte zu erzählen. Auch das Verbrechen ist am Ende langweilig und weist nur wenig Variationen auf. Was ich Ihnen erklären wollte, ist folgendes: Wenn ich die zwei mit einem Begleitkommando zum nächsten Gericht schicke, bedarf das einer zehntägigen Reise. Ich setze das Leben von sechs Soldaten aufs Spiel, die sich in die Gefahr begeben, auf eine simulierte Bestechungsaktion reinzufallen, die ihnen dann das Leben kostet, oder von Komplizen ermordet zu werden, die diese Verbrecher überall in den kleinen Ranchosiedlungen haben. Sechs Soldaten sind für mich sehr wertvoll. Unentbehrlich sogar. In einem gegebenen Augenblick können sie Tod oder Leben bedeuten. Außerdem, die Richter ... nun, Sie können es sich schon vorstellen. Das brauche ich Ihnen nicht zu sagen. Ich erzähle Ihnen das nicht, um mich zu entschuldigen, sondern damit Sie eine Vorstellung davon bekommen, wie die Dinge hier ablaufen.« Er machte wieder eine Pause. »Ich sehe, daß Sie sich schon mit dem Kapitän angefreundet haben, nicht wahr?« Ich nickte. »Er ist ein guter Mann, solange er zu trinken hat. Wenn ihm der Alkohol fehlt, verwandelt er sich in einen anderen Menschen. Achten Sie darauf, daß das nicht passiert. Ansonsten verliert er den Verstand und ist zu den barbarischsten Handlungen fähig. Danach erinnert er sich an nichts mehr. Mir fällt auch auf, daß Ihnen das Leben im Quartier und die uniformierten Leute nicht behagen. Sie mögen recht haben. Ich verstehe Sie sehr gut. Aber irgend jemand muß bestimmte Aufgaben erfüllen, und dazu sind wir Militärs da. Ich habe im Norden Kurse für den Regimentsstab absolviert. In Frankreich war ich zwei Jahre lang bei einem militärischen Kommando. Es ist überall das gleiche. Ich glaube zu wissen, wie Sie bisher gelebt haben, und es ist gut möglich, daß Sie einmal mit meinen Kollegen zusammengetroffen sind. Wenn wir nicht im Dienst sind, geben wir uns etwas umgänglicher. Hier haben sie uns zu dem gemacht ... zu dem, was Sie sehen.«

Wir standen gegenüber der Landungsbrücke. »Nun gut, ich halte Sie nicht länger auf. Seien Sie vorsichtig auf der Reise. Der Lotse, der mit Euch fährt, ist ein vertrauenswürdiger Mensch. Setzen Sie ihn auf der Rückfahrt wieder hier ab. Vertrauen Sie niemandem, und erwarten Sie nicht viel von der Truppe. Wir sind mit anderen Dingen beschäftigt. Wir können uns nicht um verträumte Ausländer kümmern. Sie verstehen mich schon.« Er reichte mir die Hand und mir fiel auf, daß er das mit mir zum ersten Mal machte. Wir gingen auf die Mole zu. Als ich auf das Schiff stieg, klopfte er mir auf die Schulter und sagte leise: »Wachen Sie über den Aguardiente. Er darf nicht fehlen.« Mit einer Geste verabschiedete er sich vom Kapitän. Er ging in Richtung seines Büros, langsam, federnd, etwas steif, aber aufrecht. Wir gelangten in die Mitte des Flusses und begannen wieder stromaufwärts zu fahren. Das Militärlager blieb allmählich zurück, bis es mit dem Rand des Urwaldes verschwamm. Ab und zu verriet uns der Widerschein eines Sonnenstrahls auf dem Rumpf der Junkers den Ort wie ein mit Warnungen aufgeladenes Signal.

17. April

Der neue Lotse heißt Ignacio, und sein Gesicht ist voller bleicher Falten, die ihm das Aussehen einer frischen Mumie verleihen. Zwischen den wenigen Zähnen, die ihm geblieben sind, spuckt er aus, während er pausenlos redet, allerdings mehr mit sich selbst als mit den anderen. Er respektiert den Kapitän, den er schon seit langem kennt. Mit dem Maschinisten pflegt er eine Freundschaft, indem der eine zur Unterhaltung beiträgt, während der andere seinen sanften Charakter und sein unerschöpfliches Talent einsetzt, das Leben um ihn herum mit dem unvorhersehbaren Verhalten des Motors in Einklang zu bringen, dessen plötzliche Geräuschveränderungen in jedem Moment den endgültigen Kollaps ankündigen können.

Ich hatte mich getäuscht, als ich dachte, daß das Klima von nun an dem des warmen Tieflandes ähneln würde. Am Nachmittag fahren wir wieder in den Urwald hinein. Es herrscht ein Halbdunkel, das durch Baumkronen und Lianen erzeugt wird, die sich von einem Ufer zum anderen schlingen. Der Motor klingt wie das Echo in einer Kathedrale. Vögel, Affen und Insekten erheben ein endloses Getöse. Ich weiß nicht, ob ich Schlaf finden werde. »Die Sägewerke, die Sägewerke«, wiederhole ich für mich im Rhythmus der Bugwelle. Es stand schon fest, daß mir dies zustoßen würde. Mir und sonst niemandem. Es gibt Dinge, die ich nie lerne. Ihre ständige Wiederholung im Laufe des Lebens ist das, was einfältige Leute Schicksal nennen. Armseliger Trost.

Heute während der Siesta träumte ich von verschiedenen Orten. Orte, an denen ich lange, leere Stunden verbrachte, die aber dennoch voll geheimer Bedeutung sind. Von ihnen gehen Zeichen aus, die mir etwas zu enthüllen versuchen. Die Tatsache selbst, daß ich ausgerechnet von diesen Orten geträumt habe, hat an sich schon prophetischen Charakter, doch ich schaffe es nicht, die Botschaft zu entziffern. Vielleicht finde ich heraus, was sie mir sagen wollen, wenn ich sie aufzähle:

Ein Wartesaal im Bahnhof einer kleinen Stadt im Bourbonnais. Der Zug wird nach Mitternacht ankommen. Der Gasofen gibt nur ungenügend Wärme ab und verströmt einen sumpfartigen Geruch, der sich in den Kleidern und der mit Schimmelflecken übersäten Wand festsetzt. Drei Plakate werben für die Attraktionen von Nizza, die Reize der bretonischen Küste und für den Wintersport in Chamonix. Sie sind schon ziemlich verblaßt und verleihen der Umgebung allenfalls eine noch größere Trostlosigkeit. Die Halle ist leer. Der kleine Tabakkiosk ist mit einem ziemlich schadhaften Drahtgitter verschlossen. Dort werden auch Kaffee und Croissants verkauft, die zum Schutz vor Fliegen unter einer Kristallglocke liegen, auf der sich verdächtige Spuren einer

Mischung aus Fett und Staub, der in der Luft schwebt, abzeichnen.

Ich sitze auf einer Bank, deren Härte es unmöglich macht, eine Position zu finden, die es mir erlauben würde zu schlafen. Ich wechsle ab und zu die Stellung und schaue auf den Tabakladen und die Titelblätter der zerknitterten Zeitschriften in einer Auslage, die ebenfalls von einem Maschendraht geschützt wird. Jemand bewegt sich dort drinnen. Ich weiß, daß das unmöglich ist, weil die Verkaufsbude in einer Ecke steht, wo es keine Tür gibt. Trotzdem wird es immer offensichtlicher, daß dort jemand eingesperrt ist. Er gibt mir Zeichen, und ich erkenne ein Lächeln auf diesem undeutlichen Gesicht, ich weiß nicht, ob es das einer Frau oder eines Mannes ist. Ich laufe mit durch die Kälte und die unbequeme Lage völlig steif gewordenen Beinen hin. Jemand flüstert von innen unverständliche Worte. Ich drücke mein Gesicht näher an das Schutzgitter und höre ein Gemurmel: »Ferner, vielleicht.« Ich stecke meine Finger zwischen die Stäbe und versuche das Gitter zu bewegen. In diesem Moment tritt jemand in den Wartesaal. Ich drehe mich um. Es ist ein Polizist mit der vorschriftsmäßigen Mütze. Er ist einarmig und hat den Ärmel der Uniformbluse mit einer Sicherheitsnadel ans Hemd geheftet. Er blickt mich mißtrauisch an, grüßt nicht und geht auf den Ofen zu, um sich zu wärmen – alles um zu zeigen, daß er hier ist, damit nicht gegen das Bahnhofsreglement verstoßen wird. In einem Zustand inneren Aufruhrs kehre ich an meinen Platz zurück, mit wild klopfendem Herzen, trockenem Mund und der Gewißheit, eine unwiederholbare und entscheidende Botschaft verpaßt zu haben.

In einem Sumpf, über dem ein Schwarm von Moskitos kreist, der näher kommt und plötzlich mit rasender Schnelligkeit in Spiralform wieder verschwindet, sehe ich die Reste eines Passagierwasserflugzeuges. Es ist eine Latecoére 32. Die Kabine ist fast intakt. Ich trete ein und setze mich auf einen Korbsitz einem Klapptisch gegenüber. Die Kabine ist von Pflanzen überwuchert, die die Seitenwände bedecken und von der Decke herabhängen. Blumen von intensivem Gelb, fast leuchtend, die an die Blüten des Guayacánbaumes erinnern, hängen graziös herunter. Alles, was brauchbar wäre, ist schon vor langer Zeit abmontiert worden. Innen spürt man eine ruhige und behagliche Atmosphäre, die dazu einlädt, ein wenig zu bleiben und auszuruhen. Durch eines der Fenster, die seit mehreren Jahren keine Scheiben mehr haben, fliegt ein Vogel mit kupferfarbener, schillernder Kehle und einem Schnabel mit einem orangenen Fleck. Er läßt sich auf der Lehne eines Stuhles nieder, drei Reihen vor mir, und schaut mich mit seinen kleinen Augen an, in denen ebenfalls ein kupferfarbener Widerschein liegt. Plötzlich beginnt er eine Melodie zu trillern, die immer weiter hinaufsteigt und dann in einer jähen Tonleiter abfällt, als ob meine Gegenwart ihn daran hindern würde, den Satz zu beenden, den er mit so viel Schwung begonnen hat. Er fliegt unter dem Dach der Laté auf und ab, um den Ausgang zu finden, und als er davonfliegt und das Echo seines Gesanges in der Pflanzenwelt dieser Gegend zurückläßt, fühle ich vernichtende Bannflüche auf mich niederprasseln, welche diejenigen treffen, die verbotene Orte aufsuchen. Ein leichter Sprung hat sich soeben in meinem Inneren, im geheimsten Winkel der Seele, ereignet, ohne daß ich hätte eingreifen können, ohne daß überhaupt Rücksicht auf mich genommen worden wäre.

Ein Schlachtfeld. Der Kampf ist am Tage zuvor beendet worden. Plünderer mit Turbanen schänden die Leichen. Eine feuchte Hitze drückt und schwächt die Glieder wie ein Fieber ohne Wahnbilder. Einige der Gefallenen tragen rote Jacken. Die Rangabzeichen wurden schon entfernt. Ich nähere mich einer Leiche, die mit weiten, pistazienfarbenen Seidenhosen und einer mit Gold und Silber bestickten Weste bekleidet ist. Man hat sie noch nicht berauben können, weil eine Lanze, die den Körper durchbohrt, tief im Boden steckt und die Kleidungsstücke festhält. Es handelt sich um einen hohen Würdenträger mit einem jungen Gesicht und von schlanker, stattlicher Gestalt. Auf Grund seines Turbans stelle ich fest, daß er ein Maharadscha ist.

Die Plünderer sind schon verschwunden. Aus der Ferne nähert sich ein Reiter mit roter Jacke. Er bringt das Pferd zum Stehen und fragt: »Wen suchen Sie hier?« »Ich suche den Körper des Marschalls von Turenne«, antworte ich ihm. Er schaut mich befremdet an. Ich weiß, daß ich mich in der Schlacht, dem Jahrhundert und den kämpfenden Parteien geirrt habe, kann mich aber nicht mehr verbessern. Der Mann steigt vom Pferd und erklärt mir nun mit höflicher Stimme: »Dies ist das Schlachtfeld von Assaye, das sich auf Ländereien befindet, die dem Peshwa gehörten. Wenn Sie mit Sir Arthur Wellesley sprechen möchten, kann ich Sie sofort hinbringen.« Ich weiß nicht, was ich ihm erwidern soll. Ich stehe da wie ein Blinder, der sich in einer Menschenmenge orientieren will. Der Reiter zuckt mit den Achseln: »Dann kann ich nichts für Sie tun« und entfernt sich wieder dorthin, von woher er gekommen ist. Es beginnt zu dämmern. Ich frage mich, wo Turennes Leiche ist, und während ich darüber nachdenke, weiß ich, daß alles ein Irrtum ist und daß man nichts ändern kann. Es riecht nach Arzneimitteln, nach Patchouli, nach Wundverbänden, die tagelang nicht gewechselt worden sind, nach Sonne auf Leichen, nach einer Degenklinge, die frisch eingeölt ist. Ich erwache mit der deprimierenden Gewißheit, den Weg verfehlt zu haben, wo endlich Ordnung auf mich wartet, die meiner Sehnsucht entspräche.

Ich befinde mich in einem Krankenhaus. Das Bett ist mit einem Tuch von den übrigen Betten im Saal abgeschirmt. Ich bin nicht krank und verstehe nicht, warum man mich hierhergebracht hat. Ich schiebe einen Teil des Vorhanges beiseite und sehe, daß genauso ein Vorhang auch das andere Bett umgibt. Ein Frauenarm schiebt ihn beiseite, und ich erkenne Flor Estévez, die notdürftig mit einem Hemd bekleidet ist, das Patienten tragen, die gerade operiert worden sind. Sie schaut mich lächelnd an, während ihre Brüste, ihre Schenkel und ihr halb verdecktes Geschlecht sich mit einer Arglosigkeit darbieten wie nie im wirklichen Leben. Wie immer ist ihr Haar wirr gleich der Mähne eines mythologischen Geschöpfes. Ich gehe hinüber in ihr Bett. Wir beginnen uns mit der fieberhaften Eile derjenigen zu streicheln, die wissen, daß ihnen nicht viel Zeit zur Verfügung steht und daß in Kürze jemand erscheinen wird. Als ich in sie eindringen will, öffnen sich die Gardinen ruckartig. Einige Meßdiener halten sie fest, während ein Priester darauf besteht, mir die Kommunion zu erteilen. Ich bemühe mich eifrig, den Vorhang wieder zuzuziehen. Der Priester verwahrt die Hostie in einem Kelch, und ein Meßdiener reicht ihm ein Silberkästchen mit den Salbölen. Der Priester versucht, mir die letzte Ölung zu erteilen. Erneut schaue ich

Flor Estévez an, die verschämt meinen Blick meidet, als ob sie dies alles zu einem Zwecke veranstaltet hätte, der mir verborgen bleibt. Flor befeuchtet ihre Finger mit den Ölen und reibt damit mein Glied ein, während sie ein Lied singt, dessen Melancholie mich der Hilflosigkeit des Höhepunktes aussetzt, den ich wie einen furchtbaren Betrug erlebe. Jegliche Erotik hat sich verflüchtigt. Ich möchte mit der Verzweiflung eines Ertrinkenden schreien. Ich erwache von dem Laut meiner eigenen Stimme, die in einem grotesken Geheul verklingt.

In mich versunken, denke ich über die Zeichen nach, die diese Visionen verschleiern. Die Nacht ist hereingebrochen, und der Planchón gleitet langsam dahin. Der Kapitän und der Lotse diskutieren mit matter Gereiztheit, die sich kumpelhaft und harmlos anhört. Der Kapitän befindet sich an einem kritischen Punkt seiner Trunkenheit und kehrt zu seinen sinnlosen Befehlen zurück: »Riech doch den Wind, alter Sturkopf, riech ihn gut, oder wir verirren uns, verdammt noch mal!« »Schon gut, Kapi, schon gut, drängen Sie mich nicht so; wenn wir nicht vorwärtskommen, so liegt das daran, daß es eben nicht geht«, antwortete der Lotse mit der Geduld eines Mannes, der zu seinem Kind spricht. »Du segelst wie eine enthauptete Schlange, Ignacio, es wird schon seinen Grund haben, daß sie dich in der Basis nicht mehr beschäftigt haben.« »Halt das Steuer fest, zum Teufel, es ist doch kein Suppenlöffel!« So ging es die halbe Nacht lang. Es ist ganz klar, daß sie sich im Grunde dabei amüsieren. Das ist ihre Art, sich zu verständigen.

Ihre Beziehung ist so uralt, daß zwischen ihnen schon alles gesagt ist. Die Siesta hat sich zu lange hingezogen, so daß ich sicher erst gegen Morgen einschlafen werde.

Ich lese und schreibe abwechselnd. Jean sans Peur besitzt keine wirkliche Rechtfertigung. Als er die Ermordung des Bruders vom König von Frankreich befahl, verdammte er seine eigene Sippe zur unvermeidbaren Ausrottung. Schade! Ein Reich Burgund wäre vielleicht die angemessene Erwiderung auf so viele Ereignisse gewesen, die später als eine Kette unerbittlicher Katastrophen über Europa hereinbrach.

18. April

Wie so oft haben sich mögliche Deutungen dieser Visionen, die mich gestern während der Siesta heimsuchten, erst heute ergeben. Es waren meine alten Dämonen, meine allmählich schon siechen Gespenster, die in verschiedenen Gestalten, in fremder Sprache und mit einer stets neu inszenierten Bosheit mir zu erscheinen pflegen, um mich zu erinnern, wer meine Schicksalsfäden webt: In einer Zeit zu leben, die meinen Interessen und meinem Geschmack völlig fremd ist, die Vertrautheit mit dem alltäglichen Prozeß des Sterbens als Hauptaufgabe, die mir jeden Tag gestellt wird; die Bedeutung, die die Welt des Erotischen für mich hat, die in jener Aufgabe mit enthalten ist; eine ständige Bewegung in Richtung Vergangenheit mit dem Ziel, den richtigen Ort und Augenblick auszumachen, wo mein Leben einen Sinn erhalten hätte und eine eigentümliche Gewohnheit, fortwährend die Natur und ihre Erscheinungen zu erforschen, ihre Verwandlungen, ihre Fallen und verborgenen Stimmen, denen ich trotz allem in meiner Unschlüssigkeit die Entscheidungen und das Urteil über meine Taten anvertraue, die oft so unmotiviert erscheinen und doch diesen Stimmen vollkommen gehorchen.

Allein durch die Tatsache, über all das nachgedacht zu haben, kann ich die Gegenwart gelassen akzeptieren, die mir erst so verworren und meinen Absichten entfremdet schien. Ein verständlicher Fehler in der Perspektive führte dazu, daß ich die ganze Zeit über in mich hineinhorchte, ohne die vertrauten Motive zu beachten, die doch die gestrigen Träume ans Tageslicht brachten. Da waren sie, und ich hatte es nicht verstanden, sie zu ergründen. Allerdings bin ich schon so an den augurenhaften Schlüssel meiner Träume gewöhnt, daß ich ihre wohltuende und beruhigende Wirkung zu spüren beginne, noch ehe ich sie entziffere. Ich muß nur noch das seltsame Verhalten von Flor Estévez in meinem Traum enträtseln, deren Initiative, mich in ihr Bett zu nehmen, eigentlich ihrer sonstigen Art, mit diesen Situationen umzugehen, völlig fremd ist. In der Tat, trotz der vermeintlichen Wildheit ihrer Gestalt, der Rundlichkeit ihrer Schenkel, ihrer unordentlichen, zottigen Mähne, der braunen, etwas feuchten Haut, die sich leicht der Berührung widersetzt, als wäre sie aus einem unsichtbaren Samtstoff, ihrer großen, geheimnisvollen Brüste, die sie jeden Tag den Blicken halb sichtbar darbietet, trotz all dieser Signale kennt Flor das Spiel der Koketterie und die listigen Annäherungsversuche der Liebe überhaupt nicht. Sie bricht gewaltsam im Leben eines anderen ein, ernsthaft und entschlossen, fast traurig und mit der stillen Verzweiflung derjenigen, die im Banne einer entfesselten Kraft handelt, und so liebt sie und empfindet Lust mit der Stille einer Vestalin. Vielleicht läßt sich das provokative Gebaren Flors im Traum auf meine sexuelle Abstinenz auf dieser Reise zurückführen; abgesehen von der Episode mit der Indianerin, die weniger befriedigend als vielmehr beunruhigend war. Es könnte auch – und das ist am wahrscheinlichsten – auf die klassische Überlagerung von Gesichtszügen und Gesten verschiedener Personen im Traum zurückzuführen sein. Daher werden wir nie mit Sicherheit die Identität der Menschenwesen erkennen, von denen wir träumen. Es ist nie ein einziger, der uns da erscheint, sondern die Summe vieler, ein plötzliches, dichtes Defilee von Menschen, und nicht eine einzigartige, eindeutig erkennbare Gestalt.

Flor Estévez. Niemand ist mir jemals so nahe gewesen, niemanden habe ich so gebraucht wie sie, mit ihrer leisen Berührung ungeachtet der wilden und finsteren Distanz ihres Wesens, die sie mit ihrer Schweigsamkeit, der Einsilbigkeit und dem knappen Brummen erzeugt, das weder verneint noch bejaht. Als ich sie um Rat fragte wegen der Sache mit dem Holz, beschränkte sie sich auf den Kommentar: »Ich wußte nicht, daß man mit Holz Geld macht. Man baut daraus Häuser, Zäune, Schubladen, Fensterbänke, was auch immer, aber Geld? Das ist ein Märchen, glaube es nicht!« Sie ging zu dem Versteck, wo sie ihre Ersparnisse verwahrte, und gab mir alles, was sie hatte, ohne ein Wort zu sagen, ohne mich nur anzuschauen. Flor Estévez, geradeheraus und barsch in ihren Wutausbrüchen, dreist und überraschend, wenn sie zärtlich ist. In sich versunken, wenn sie den Nebel betrachtete, der zwischen den Gipfeln vorbeizog, während sie die Lieder des Tieflandes sang, lustige, einfache Lieder der Tropen, von einer schmerzlichen Nostalgie, deren Melodie und Worte sich in ihrer zarten Unbefangenheit für immer ins Gedächtnis einprägten. Und hier fahre ich nun den Fluß entlang mit einem Besoffenen, halb Komantsche, halb Weißer, einem stummen Indianer, der in seinen Dieselmotor verliebt ist, und einem Neunzigjährigen, der der dicken Rinde jener riesigen Bäume entsprungen scheint, die gleich ihm namenlos und ohne Ziel sind. Ich weiß kein Mittel gegen meine leichtfertigen Irrwege, die immer widersinnig, schädlich sind und die nichts zu tun haben mit meiner eigentlichen Bestimmung.

20. April

Wir sind wieder in einer Ebene mit kleinen Waldflächen und weiten Sumpfgeländen angelangt, die durch Hochwasser des Flusses entstanden sind. Reiherschwärme ziehen am Himmel regelmäßige Bahnen, die an die Flugformationen bei Erkundungsflügen erinnern. Sie umkreisen das Schiff und landen dann mit vollendeter Eleganz am Ufer. Auf der Suche nach Nahrung bewegen sie sich mit langen und vorsichtigen Schritten.

Wenn es ihnen gelungen ist, einen Fisch zu fangen, schlägt dieser im Schnabel des Reihers noch einen Augenblick mit dem Schwanz um sich, dann schüttelt der Reiher einmal den Kopf, und das Opfer verschwindet wie durch Zauberei. Die Sonne scheint glühend heiß auf die öde Ebene, auf der das Wasser zwischen Schilfrohr und Lianen glänzt. Hin und wieder, als wolle er uns daran erinnern, daß er in Kürze wieder auftaucht, wird ein kleines Stück Urwald sichtbar, eine Gruppe struppiger Bäume, aus der ein Kreischen von Affen, Papageien und anderen Vögeln und das regelmäßige und einschläfernde

Zirpen riesiger Grillen zu hören ist. Die Einsamkeit des Ortes hinterläßt bei uns ein Gefühl der Verlassenheit, ohne daß wir wüßten, warum, zumal sich dieses Gefühl selbst mitten im Urwald mit seinem tödlichen Dunst, der allgegenwärtig ist, um uns seine verheerende Nähe zu beweisen, bei uns nicht einstellt.

In der Hängematte liegend sehe ich, wie diese Landschaft mit träger Gleichgültigkeit vorüberzieht und sich nur durch den allmählichen Lichtwechsel im Laufe des Nachmittags sichtbar verändert. Die Strömung des Flusses leistet der Fortbewegung des Schiffes kaum Widerstand. Der Motor nimmt einen schnelleren, klappernden Rhythmus an, der angesichts seiner Unbeständigkeit und Gebrechlichkeit ziemlich verdächtig klingt.

All dies registriere ich nur fast unpersönlich an der Oberfläche meines Bewußtseins. Wie immer nach solchen aufschlußreichen Träumen, falle ich in einen Zustand gefährlicher Gleichgültigkeit, stehe am Abgrund einer unbestimmten Panik. Ich empfinde ihn als ein unvermeidliches Attentat gegen mich und die Kräfte, die mein Wesen erhalten, gegen meine wehrlose und eitle Hoffnung, die aber am Ende doch eine Hoffnung ist, daß es eines Tages besser geht und mir dann alles gelingen wird. Aber schließlich kenne ich ja diese kurzen Zustände gefährlicher Gleichgültigkeit, so daß ich schon weiß, daß es besser ist, sie nicht genauer zu untersuchen. Damit würde ich diese Zustände nur verlängern, ähnlich wie die Wirkung eines Medikaments, von dem man aus Unbesonnenheit eine Überdosis eingenommen hat, erst dann nachläßt, wenn der Körper den Fremdkörper resorbiert hat, der ihn vergiftet.

Der Kapitän nähert sich, um uns mitzuteilen, daß wir

bei Anbruch der Nacht in einer Ranchosiedlung Station machen, um Diesel zu tanken und die Vorräte aufzufüllen. Ich frage ihn – die Mahnung des Majors im Ohr –, wie es mit seiner Flasche aussieht. Er merkt, daß man mich entsprechend gewarnt hat, und antwortet leicht verärgert: »Machen Sie sich keine Sorgen, Freund, dort werde ich genug für den Rest der Fahrt kaufen.« Er entfernt sich und zieht den Rauch seiner Pfeife ein mit einer verstörten Geste, die zeigt, daß er seinen Privatbereich vor der Schändung durch Fremde zu schützen versucht.

25. Mai

Als wir in der Ranchosiedlung an Land gingen, ahnte ich nicht im entferntesten, daß ich dort mehrere Wochen lang in der Schwebe zwischen Tod und Leben zubringen würde. Ich ahnte auch nicht, daß sich der Charakter dieser Reise in jeder Hinsicht verändern und zu einem ermüdenden Kampf gegen vollkommene Ermattung und Anfälle werden würde, die dem Wahnsinn nahekommen.

Die Ranchosiedlung besteht aus sechs Häusern, die um ein Gelände gebaut sind, das den Anspruch erhebt, ein Dorfplatz zu sein. Zwei riesige Bäume von maßloser Üppigkeit geben den wenigen Bewohnern Schatten, die sich in den Nachmittagsstunden dort zusammenfinden, um auf den primitiven Bänken aus grob gehobelten Baumstümpfen ihren Tabak zu rauchen und die vagen, immer beunruhigenden Gerüchte zu besprechen, die aus der Hauptstadt zu ihnen dringen. Das einzige Gebäude, das ein Zinkdach und Mauern aus Ziegelsteinen hat, ist eine Schule, die gleichzeitig als Kirche dient, wenn die

Missionare hierherkommen. Es besteht aus einem Klassenzimmer, einem Zimmer für die Lehrerin und sanitären Anlagen, die seit langem nicht mehr genutzt werden und voll Mauerschimmel und voller undefinierbarer Abfälle sind. Die Lehrerin ist von den Indianern vor mehr als einem Jahr entführt worden, und seither hat man nichts mehr von ihr gehört, bis jemand mit der Nachricht kam, daß sie mit dem Stammeshäuptling zusammenlebt und ihre Absicht geäußert hat, nie wieder zurückzukehren. Die Militärbasis hat nur wenige Soldaten, die in dem einstmaligen Klassenzimmer in Hängematten schlafen. Sie verbringen die Zeit mit Reinigen ihrer Waffen und mit Wiederholung der monotonen Litanei über die läppischen Vorfälle, von denen das Quartier zehrt.

Der Kapitän versah seine Feldflasche mit neuem Vorrat, und wir begannen, den Kanister zum Boot zu transportieren, um den Tank zu füllen. In der Schwüle der unerträglichen Hitze und bei dem Mangel an hilfsbereiten Händen erwies sich die Arbeit als mühsam und erschöpfend. Niemand wollte uns bei der Arbeit helfen. Der Kapitän war in einer seiner schlimmsten Verfassungen, der greise Lotse kann sich kaum bewegen, so daß der Maschinist und ich die Sache erledigen mußten, unter den gleichgültigen Blicken der vom Sumpffieber ausgehöhlten Bewohner mit den gläsernen und abwesenden Augen derjenigen, die schon seit langem die Hoffnung verloren haben, von hier zu entkommen. Am Nachmittag des ersten Tages befielen mich eine Übelkeit und ein intensives Kopfweh, das ich der Tatsache zuschrieb, daß ich zu lange die Abgase des Motors eingeatmet hatte, den wir mit einer entmutigenden Langsamkeit auftanken mußten. Am nächsten Tag führten wir unsere Arbeit fort. Es schien, als ob Schlaf und Ruhe mein Unwohlsein gelindert hätten. Mittags aber spürte ich einen unerträglichen Schmerz in allen Gelenken sowie Stiche im Hinterkopf, die mich für Augenblicke völlig erstarren ließen. Ich lief zum Kapitän, um ihn zu fragen, was es sein könnte. Er schaute mich an, und nach seinem Gesichtsausdruck zu urteilen, handelte es sich offensichtlich um etwas Ernstes. Er nahm mich beim Arm und brachte mich zu einer der Hängematten in der Schule. Dort legte er mich hin und befahl mir, ein großes Glas Wasser mit einigen Tropfen einer bitteren Flüssigkeit von zäher Konsistenz und bernsteinfarbenem Aussehen zu trinken. Er erklärte den Soldaten etwas mit leiser Stimme. Es betraf offenbar meinen Zustand. Sie schauten mich an, als hätte ich nun eine schreckliche Probe zu bestehen, die ihnen schon vertraut war. Nach kurzer Zeit kam der Kapitän mit meiner Hängematte vom Boot zurück. Er befestigt sie am entgegengesetzten Ende des Zimmers, fern von den Hängematten der Soldaten, und trug mich fast dorthin, indem er mich unter den Achseln hielt. Ich stellte fest, daß ich das Gefühl in den Füßen schon verloren hatte, und wußte nicht, ob ich sie hinter mir schleifte oder ob ich zu gehen versuchte. Die Nacht brach langsam herein. Als die Hitze nachließ und eine leichte, kaum spürbare Brise aufkam, begann ich furchtbar zu zittern, ein Schüttelfrost überkam mich, der kein Ende zu nehmen schien. Ein Soldat ließ mich etwas Warmes trinken, dessen Geschmack ich nicht bestimmen konnte, und dann fiel ich in einen tiefen Schlaf, der einer Bewußtlosigkeit glich. Ich verlor jede Vorstellung von Zeit. Tag und Nacht vermischten sich manchmal auf schwindelerregende Weise. Gelegentlich verharrten beide in einer Art Ewigkeit, die ich nicht zu enträtseln versuchte. Die Gesichter, die sich mir näherten, um nach mir zu schauen, waren mir vollkommen fremd und schienen in ein opalfarbenes Licht getaucht zu sein, das ihnen den Anblick von Wesen aus einer anderen Welt verlieh. Ich hatte grausige Alpträume, die immer im Zusammenhang mit den Dachkanten und den zusammengefügten Zinkplatten standen. Ich versuchte, eine Kante an die andere zu fügen, indem ich die Lage der Stützbalken veränderte, oder die Nieten, welche die Platten zusammenfügten, derart flach zu klopfen, daß es keine Unregelmäßigkeiten oder Ungleichheiten mehr gäbe. In diese Aufgaben legte ich meine ganze Willenskraft, die in den sich unendlich wiederholenden Anfällen vom Fieber und einer manischen Besessenheit angetrieben wurde. Es war, als ob der Geist plötzlich durch einen simplen Vorgang der Verschmelzung mit dem umgebenden Raum stillstünde. Ein Vorgang, den das Bewußtsein im alltäglichen Leben nicht einmal registriert, der sich nun aber zum einzigen Zweck und zum letzten, notwendigen und unwiderrufbaren Sinn meiner Existenz erhob. Das heißt, ich war nur noch das und lebte nur dafür weiter. In dem Maße, wie sich diese Wahnvorstellung fortsetzte und dabei regelmäßiger und zugleich elementarer auftrat, fiel ich allmählich in einen Zustand des Wahnsinns, aus dem es kein Zurück gab, in einen trägen, steinernen Schwachsinn, bei dem sich mein Sein, oder besser mein Gewesen-sein, mit einer unkontrollierbaren Geschwindigkeit auflöste. Wenn ich jetzt zu berichten versuche, woran ich erkrankte, stelle ich fest, daß sich die Worte nicht vollkommen mit der Bedeutung decken, die ich ihnen zu geben versuche. Wie soll ich beispielsweise die eisige Panik beschreiben, mit der ich diese ungeheure Verstümmelung meiner Fähigkeiten beobachtete, und die unermeßliche Zeitspanne, während deren ich diesen qualvollen Zustand durchlebte? Es ist unmöglich, das zu beschreiben. Einfach schon deshalb, weil es in gewisser Hinsicht dem völlig fremd und gegensätzlich ist, was wir uns unter unserem Bewußtsein oder dem der anderen vorstellen. Wir verwandeln uns, und zwar nicht in ein anderes Wesen, sondern in einen Gegenstand, in ein kompaktes Mineral, das innen aus Kanten besteht, die sich unendlich vervielfachen und deren Wiedergabe und Aufzählung die Ursache für unsere Existenz in der Zeit selbst ist.

Die ersten vernehmlichen Worte, die ich zu hören wieder imstande war, lauteten: »Das Schlimmste ist schon vorbei. Es ist ein Wunder, daß er sich gerettet hat.« Jemand im Khakihemd ohne irgendwelche Rangabzeichen, mit ebenmäßigen Gesichtszügen, brauner Hautfarbe und einem dunklen, geraden Schnurrbart sprach sie aus einer Ferne, die mir angesichts der Tatsache, daß er mich wenige Zentimeter von meinem Gesicht entfernt starr anblickte, unerklärlich schien. Später erfuhr ich, daß der Major mit der Junkers gekommen war. Dem Arzneikästchen, das er immer bei sich trug, entnahm er ein Medikament, das man mir alle zwölf Stunden in Form von Spritzen verabreichte und das mir anscheinend das Leben rettete. Sie erzählten mir auch, daß ich in meinen Fieberträumen mehrmals den Namen Flor Estévez gerufen hatte und daß ich dringlichst darauf bestand, einen Fluß hinaufzufahren, um die Festung San Juan wenige Kilometer vom Nicaraguasee zu erobern, die der Kapitän Horatio Nelson eingenommen hatte. Anscheinend hatte ich auch in anderen Sprachen geredet, die niemand identifizieren konnte, obgleich der Kapitän im nachhinein erzählte, daß er in dem Augenblick davon überzeugt gewesen wäre, daß ich über den Berg sei, als er mich ›Godverdomme‹ hatte schreien hören.

Noch fühle ich mich schwach, und die Glieder gehorchen mir nur mit ärgerlicher Unbeholfenheit. Ich esse ohne Appetit, und es gibt nichts, was meinen unermeßlichen Durst stillen könnte. Es ist kein Durst nach Wasser, sondern nach einem Getränk, das einen intensiven pflanzlichen Bitterstoff enthält und einen minzeähnlichen, weißen Geschmack hat. Ich weiß, daß es dieses Getränk nicht gibt, aber es gibt das ausgesprochene, deutlich nachweisbare Verlangen danach, und ich nehme mir vor, diesen Tee, von dem ich Tag und Nacht träume, eines Tages zu finden.

Das Schreiben kostet mich unglaubliche Mühe, aber indem ich die Erinnerungen an meine Krankheit genau festhalte, befreie ich mich gleichzeitig langsam von der Heimsuchung durch den Wahnsinn, den diese mit sich gebracht und der mir am meisten Leid zugefügt hat. Die Genesung schreitet schnell voran, und manchmal glaube ich, daß all das einem anderen zugestoßen ist, der nicht ich bin, einem, der nichts anderes als dieser Wahnsinn war und der mit dessen Ende auch aufgehört hat zu existieren. Nein, es ist nicht leicht zu erklären, ich weiß es und fürchte auch, es allzu hartnäckig beschreiben zu wollen und mich damit der Gefahr auszusetzen, in eine jener besseren Exerzitien zu verfallen, vor denen ich jetzt grenzenloses Entsetzen empfinde.

Heute nachmittag schaute der Maschinist bei mir vorbei und begann in einer holprigen Mischung aus Portugiesisch, Spanisch und einem Urwalddialekt, den ich nicht kannte, auf mich einzureden. Zum ersten Mal knüpfte er aus eigenem Antrieb ein Gespräch mit einem Bootsinsassen an, der nicht der Kapitän ist, mit dem er sich in knappen Einsilbern verständigt. Sein Gesicht mit den indianischen Zügen, die man genauestens beobachten muß, um keinen tiefgreifenden Fehler zu begehen, war voller Sorge, die über bloße Neugierde hinauszugehen schien. Er begann damit zu fragen, ob ich wüßte, welche Krankheit ich gehabt hätte. Ich antwortete ihm, daß ich keine Ahnung hätte. Daraufhin erklärte er mir mit einem befremdlichen Erstaunen angesichts meiner Unwissenheit, die er für unverzeihlich und obendrein höchst gefährlich hielt: »Sie hatten das Brunnenfieber. Es befällt die Weißen, die mit unseren Frauen schlafen, und ist tödlich.« Ich erwiderte ihm, daß ich glaubte, mich gerettet zu haben, doch er antwortete mit recht geheimnisvollem Skeptizismus: »Seien Sie sich da nicht so sicher. Manchmal kommt es wieder.« Etwas in seinen Worten brachte mich darauf, daß ihn die Stammeseifersucht, jener dunkle Kampf gegen fremde Eindringlinge dazu bewog, mich quälendem Zweifel auszusetzen, den ich für meine sträfliche Überschreitung der ungeschriebenen Urwaldgesetze verdient hätte. Um seinen Ärger ein wenig anzustacheln, fragte ich ihn, wie es denn die Weißen hielten, die dauerhafte Beziehungen zu den Indianerinnen haben, um dem schrecklichen Fieber nicht zu erliegen. »Sie enden immer fern von der Gemeinschaft, Herr. Das ist kein Geheimnis«, wies er mich mit einem gerade erst erprobten Stolz zurück, als spräche er nun mit einem, auf den näher einzugehen sich nicht lohne. »Man muß sich danach mit Honigwasser waschen und sich die Blätter des Borracherobaumes zwischen die Beine legen, obgleich es brennt und Narben hinterläßt«, erläuterte er noch und drehte mir dann den Rücken zu, um zu seinem Motor zurückzukehren mit der Miene dessen, der sich von einer sehr wichtigen Arbeit hat ablenken lassen für etwas, das sich am Ende als langweiliger Unsinn herausstellte.

Um Mitternacht las ich gerade, als der Kapitän kam und mich nach meinem Befinden fragte. Ich berichtete ihm, was der Maschinist mir erzählt hatte, und der Kapitän tröstete mich lächelnd: »Wenn Sie auf alles hören, was hier gesagt wird, werden Sie am Ende verrückt, mein Freund. Es ist besser, alles zu vergessen. Sie sind doch gerettet. Was wollen Sie mehr.« Eine Dunstwolke von billigem Aguardiente hing neben meiner Hängematte, während er sich zum Bug begab, um seine üblichen, wirren Befehle zu erteilen: »Halbe Kraft voraus und nur keine Müdigkeit vorschützen! Verbrennt mir nicht die Zündkerze mit eurem Elchfett, Idioten!« Seine Stimme verhallte in der endlosen Nacht, bis sie die Sterne erreichte, deren Nähe gewiß heilsamen Mächten zu verdanken ist.

27. Mai

Der Kapitän trinkt nicht mehr. Ich bemerkte es erst heute morgen, als er uns bei unserem täglichen Frühstück, einer Tasse Kaffee und ein paar gebratenen Plátanoscheiben, Gesellschaft leistete. Nach seiner Tasse Kaffee pflegte er immer einen großen Schluck Aguardiente zu nehmen. Heute tat er es nicht und trug auch nicht wie gewöhnlich seine Feldflasche bei sich. Ich glaubte, einen verwunderten Ausdruck auf dem Gesicht des Maschinisten zu entdecken, der sonst so unerschütterlich und zurückhaltend ist. Da ich weiß, daß der Vorrat, den der Kapitän in der Ranchosiedlung geholt hat, ausreichend ist, glaube ich nicht, daß diese Wandlung sich auf den Mangel an Alkohol zurückführen läßt. Ich habe ihn den ganzen Tag beobachtet und stellte keine Veränderung fest, abgesehen davon, daß er auch die sinnlosen Befehle aufgegeben hat, die für mich zu einer unverzichtbaren Beschwörung des Schicksals geworden sind, von der die reibungslose Fahrt des Planchón und der Verlauf der Reise überhaupt abhängen. Während des ganzen Tages hat er nicht zur Flasche gegriffen. In der Nacht kam er und ließ sich in einer der freien Hängematten nieder. Nach einigen einleitenden Worten über die Nähe und den Zeitpunkt des Auftauchens neuer, diesmal reißender Stromschnellen, stürzte er sich in einen langen Monolog über einige Episoden seines Lebens: »Sie können sich nicht vorstellen« – begann er mir zu erzählen –, »was es für mich bedeutete, die Chinesin in jenem Kabarett in Hamburg zurückzulassen. Ich bin nie ein Frauenheld gewesen. Vielleicht ist das Bild, das ich von meiner Mutter habe, so verschieden von dem weißer Frauen, daß mein Umgang mit diesen immer durch jene erste Beziehung zum anderen Geschlecht geprägt wurde. Meine Mutter war ungestüm, schweigsam und erfüllt von blindem Glauben an die archaischen Bräuche und alltäglichen Riten ihres Stammes. Die Weißen waren für sie immer eine unumgängliche, unvermeidliche Ausgeburt des Bösen. Ich glaube, daß sie meinen Vater sehr liebte, aber sie hat es ihm wohl nie gezeigt. Meine Eltern besuchten mich ab und zu in der Missionsstation. Sie blieben dort ein paar

Wochen und brachen dann wieder auf. Während solcher Besuche behandelte mich meine Mutter oft mit einer willkürlichen, fast animalischen Grausamkeit. Sie war eine vom Stamme der Kwakiutl. Ich habe nie ein Wort ihrer Sprache erlernt. Das muß mich damals für immer geprägt haben, denn bisher verließen mich am Ende immer alle Frauen, bis ich die Chinesin traf. Etwas ist in mir, das sie als Ablehnung empfinden. Mit der Besitzerin des Bordells in Guayana hätte ich für den Rest meines Lebens zusammensein können. Es war ein Verhältnis, das mehr aus gegenseitigem Nutzen als aus Gefühlen entstanden war. Ihr Humor war so gutartig und sie selbst so ausgeglichen, daß es nie einen Grund zum Streiten gab. Im Bett offenbarte sie eine langsame und zerstreute Sinnlichkeit. Am Ende lachte sie immer ihr kindliches, fast unschuldiges Lachen. Als ich die Chinesin kennenlernte, änderte sich für mich alles. Sie drang in einen Winkel meiner Seele ein, der zuvor hermetisch verschlossen war und den ich selbst nicht kannte. In ihren Gesten, dem Duft ihrer Haut, dem plötzlichen, intensiven Blick, mit dem sie mich einen kurzen Moment lang anschaute, tauchte sie mich in eine Welle mitreißender Zärtlichkeit. In ihrer Anhänglichkeit, die aus spontaner und rückhaltloser Unterordnung bestand, hatte sie die Gabe, mich sofort aus meiner Ratlosigkeit und meinen quälenden Gedanken, meiner Niedergeschlagenheit, meinen Fehlschlägen oder ganz einfach meinen alltäglichen Mühen zu erlösen, um mich in einen strahlenden Lebenskreis voll freudiger Erregung und kraftvoller Gewißheit zu versetzen, so wie eine unbekannte Droge ein ungetrübtes Glück bewirken kann. Ich kann nicht mehr daran denken, ohne mich zu fragen, wie es nur möglich war, sie aus Gründen zu verlassen, die ich so ungeschickt hervorbrachte und die eigentlich völlig banalen Hindernissen entsprangen, welche ich doch früher sehr schnell gemeistert hatte und denen ich mit einem geringen Energieaufwand aus dem Wege gegangen war, ohne jemals in die Falle zu gehen. Manchmal denke ich mit einer verzweifelten Wut, daß ich sie traf, als es schon zu spät war, als ich nicht mehr imstande war, mit dieser Quelle heilsamen Glücks umzugehen, als in mir schon die angemessene Antwort auf diesen Zustand des Wohlbefindens fehlte, um ihn zu verlängern. Sie verstehen schon, worauf ich hinauswill. Es gibt Dinge, die zu früh kommen, und andere, die uns zu spät erreichen, aber das wissen wir erst dann, wenn es keinen Ausweg mehr gibt, wenn wir die Wette gegen uns schon verloren haben. Ich glaube Sie ganz gut zu kennen und kann erraten, daß Ihnen Ähnliches zugestoßen ist, so daß Sie wissen, wovon ich rede. Seit dem Augenblick, da ich Hamburg verließ, ist mir alles gleichgültig. Auf dem Grunde meiner Seele ist etwas für immer gestorben. Der Alkohol und eine nüchterne Vertrautheit mit der Gefahr sind das einzige, was mir noch die Kraft verleiht, jeden Morgen neu zu beginnen. Was ich nicht wußte, ist, daß sich auch diese Ausflüchte abnutzen. Der Alkohol gibt dem Leben nur einen flüchtigen Sinn, und die Gefahr vergeht, sobald wir uns ihr nähern. Sie existiert nur so lange, wie wir sie in uns haben. Wenn sie uns verläßt, wenn wir ihr auf den Grund gehen und in Wahrheit wissen, daß es nichts zu verlieren gibt und nie etwas zu verlieren gab, wird die Gefahr zum Problem der anderen. Die werden schon wissen, wie man mit ihr umzugehen hat und ihr ausweicht. Wissen Sie, warum der Major in den Urwald zurückgekehrt ist? Deshalb. Ich habe mit ihm nicht im einzelnen darüber gesprochen, aber wir kennen uns gut genug. Während Sie in dem Klassenzimmer in ihrer Hängematte fieberten, verstanden wir uns wieder. Als ich ihn fragte, warum er zurückgekehrt sei, beschränkte er sich auf folgende Antwort: ›Es ist gleichgültig, ob dort oder hier, Kapi, mit dem Unterschied, daß es hier schneller geht. Sie wissen schon.‹ Er hat recht. Der Urwald hilft nur, den Abgang zu beschleunigen. An sich besitzt er nichts Ungewöhnliches, nichts Überraschendes oder Exotisches. Das sind die Torheiten derer, die meinen, ewig leben zu können. Hier gibt es nichts und wird es auch nie etwas geben. Eines Tages wird der Urwald verschwinden, ohne eine Spur zu hinterlassen. Er wird sich mit Wegen, Fabriken und Menschen füllen, die als Esel für jene aufgeblähte Nichtigkeit dienen, die man Fortschritt nennt. Nun ja, das ist unwichtig. Ich habe nie auf diese Karte gesetzt. Ich weiß nicht, warum ich Ihnen das erzähle. Was ich Ihnen sagen wollte, war, daß Sie sich keine Sorgen um mich machen müssen. Nicht ich lasse vom Aguardiente ab, sondern dieser von mir. Wir werden weiter stromaufwärts fahren, wie zuvor. Solange es möglich ist. Dann sehen wir weiter.« Er legte seine Hand auf meine Schulter und sah in die Strömung des Flusses. Augenblicklich zog er sie wieder zurück. Er schlief nicht, aber er blieb reglos, ruhig, mit der Gelassenheit des Besiegten. In Erwartung des Schlafes lese und schreibe ich abwechselnd. Meistens tritt er mit der leichten Brise der Morgendämmerung ein. Ich bin sicher, daß die Worte des Kapitäns eine geheime Botschaft, ein Zeichen überbringen, das mir, während es mich merkwürdig beruhigt, gleichzeitig sagt, daß die Würfel bereits gefallen sind. Das Beste ist, alles hinzunehmen, wie es kommt. So ist es gut.

Von Resignation kann nicht die Rede sein, ganz im Gegenteil. Es handelt sich um etwas anderes und hat mit der Distanz zu tun, die uns von allen Dingen und Menschen trennt. Eines Tages werden wir es erfahren.

30. Mai

Merkwürdigerweise geht alles mehr und mehr seinen geregelten, ruhigen Gang. Die dunklen Zweifel, die den Beginn der Reise überschattet hatten, haben sich aufgelöst und in den offenen Horizont verwandelt, den wir jetzt vor uns haben. Die Indianer verließen das Boot und wurden vergessen. Ivar und sein Kumpan schaufelten sich ihr eigenes Grab in den sumpfigen Boden des Urwalds. Der Major hat sich unser insgeheim und auf unauffällige Weise angenommen, was jeden Tag deutlicher wird. Der Kapitän hat endgültig den Aguardiente aufgegeben und ist in einen Zustand seliger Verträumtheit, sanfter Nostalgie eingetreten und hat sich friedlich zurückgezogen. Ignacio kommt mir jeden Tag greisenhafter und durch die guten Geister des Urwalds verwirrter vor. Dem Maschinisten ist es gelungen, dem Motor verborgene Kräfte zu entlocken. Dank der Vorstellung, gerade noch eben gerettet worden zu sein, verschafft mir die Genesung eine unerschütterliche Sicherheit, das unverwundbare Wohlgefühl des Auserwählten. Dabei entgeht mir nicht, auf welch schwankendem Boden diese Garantien stehen, aber solange ich unter ihrem Schutz stehe, ziehen die Dinge an mir vorbei und nehmen den Platz ein, der ihnen gebührt, ohne mich ständig durch Anschläge auf mein Selbstverständnis zu überwältigen. Darum stellen sich mir im nachhinein auch das Liebesabenteuer mit der Indianerin und – falls es wahr wäre – seine tödlichen Folgen, von denen ich mich befreien konnte, als eine Art Prüfung dar, die ich noch zu bestehen hatte, um die Mächte dieses alles verschlingenden und unersättlichen, wuchernden Universums zu bezwingen. Diese Welt empfinde ich heute als eine Station, durch die ein Mensch gegangen sein muß, um seinen Weg auf Erden zu erfüllen und sich von der Todesangst zu befreien, indem er sich die Gewißheit verschafft, hinter dem Rücken des eitlen Schauspiels der Lebenden in der Vorhölle gewesen zu sein.

Bis ich die Colemanlampe anzünden mußte, nutzte ich das Licht des Spätnachmittags, um weiter in dem Buch von Raymond über den Mord am Grafen von Orléans zu lesen. Man könnte viel darüber sagen, aber das ist jetzt nicht angebracht, und ich bin nicht in der Stimmung, derartige Spekulationen fortzusetzen. Jedenfalls ist die Subjektivität des Berichts bemerkenswert, den der Propst von Paris über das begangene Verbrechen erstattet. Hinzu kommt die Arglosigkeit des Autors, der das Verbrechen letztlich nur auflistet und nacherzählt. Die Beweggründe eines politischen Verbrechens sind jedoch derart komplex und mit so vielen verborgenen und verschleierten Motiven verwoben, daß weder ein minutiöses Aufzählen der Tatsachen noch die Wiedergabe der Meinungen verschiedener Leute, die in die Vorfälle verstrickt waren, ausreichen, um endgültige Schlußfolgerungen ziehen zu können. Die finstere Seele des Grafen von Burgund verbirgt Abgründe und Labyrinthe, die weitaus tückischer sind, als der gute Propst ahnt und Raymond aufzuhellen vermag. Aber was mich daran am meisten interessiert, ist die Tatsache, daß hier und überall da, wo das Leben außergewöhnlicher Menschen auf dem Spiel stand, die in die Annalen der Geschichte eingegangen sind, die vollkommene Nutzlosigkeit des Verbrechens offenkundig wird. Ebenso auffällig ist das Ausbleiben seiner Folgen auf den Lauf dieses gestaltlosen und blinden Magmas, das ohne Ziel und erkennbare Richtung fließt und das man Geschichte nennt. Einzig die krankhafte Eitelkeit des Menschen und der außerordentliche Narzißmus, mit dem er einen Platz in diesem ungebärdigen Strom beansprucht, läßt ihn glauben, daß der Fürstenmord jemals das seit Vorzeiten festgelegte Schicksal des Universums verändern könnte. Aber am Ende weiß ich selber nicht mehr die wirkliche Tragweite des Todes von Orléans einzuschätzen. Nun ja, vielleicht genügt es auch, den Motiven von Neid und gemeiner Verachtung nachzugehen, die zu dem Mord geführt haben. Vielleicht interessiert mich deshalb, je weiter ich lese, die Angelegenheit immer weniger, und ich beziehe sie statt dessen immer stärker auf das konkrete, alltägliche Schauspiel, das mir die Menschen darbieten, wo auch immer ich sie antreffe. In jeder der elenden Ranchosiedlungen, die wir hinter uns gelassen haben, lebt ein Jean sans Peur, ein Ludwig von Orléans, gibt es eine dunkle Straßenecke ähnlich der an der Rue Vieille-du-Temple, die auf Orléans' Stelldichein mit dem Tod lauert. Ein Verbrechen reiht sich gleichförmig an das andere, und es ist nicht ratsam, sich allzuoft damit zu befassen, weder in Büchern noch im Leben. Nicht einmal im Bösen gelingt es dem Menschen, den anderen zu verblüffen oder auf sich aufmerksam zu machen. Von daher rührt die heilsame Wirkung der Wälder, der Wüste oder der weiten

Meere. Das wußte ich von jeher. Nichts Neues. Ich schließe das Buch, und ein Schwarm von Leuchtkäfern tanzt über dem Wasserspiegel, begleitet unser Boot eine Weile und verliert sich dann in den Sümpfen, wo der Mond streckenweise aufscheint, bevor er sich wieder hinter Wolken verbirgt. Ein Regenschauer, der auf uns zukommt und eine frische Brise vorausschickt, wiegt mich sanft in den Schlaf.

2. *Juni*

Heute begegneten wir einem Planchón, der unserem sehr ähnlich sieht. Er war in der Mitte des Stromes auf eine der Sandbänke aufgelaufen, wo sich Baumstämme und Äste aufgestaut hatten, die der Fluß mittransportiert. Sie fuhren stromabwärts und blieben in der Nacht stecken. Der Lotse war eingeschlafen. Ein Maschinist, der ihn begleitete, schaute den Bemühungen seines Kameraden resigniert und gleichgültig zu, der mit Hilfe einer Stake versuchte, das Schiff wieder flottzumachen. Während der Kapitän ihnen zu helfen versucht, indem er das festsitzende Schiff mit unserem seitlich anschiebt, unterhalte ich mich mit dem Maschinisten, der unsere Rettungsversuche weiterhin skeptisch beobachtet. Ich frage ihn nach den Sägewerken. Er sagt mir, daß es sie in der Tat gibt, aber daß wir bis dahin noch eine Woche Fahrt brauchen, wenn wir keine Schwierigkeiten mit den Stromschnellen weiter oben haben. Mein Interesse an den Anlagen macht ihn neugierig. Ich erzähle ihm, daß ich dort Holz zu kaufen gedenke, um es in den Häfen des großen Flusses weiterzuverkaufen. Er schaut mich halb befremdet, halb verärgert an. Als er jedoch gerade anfängt, mir etwas über die Bäume dort zu erklären, verhindert der Krach unseres Motors, der in diesem Moment aufdreht, um das Schiff endlich zu befreien, daß ich seine Worte verstehe. Schreiend bitte ich ihn, es mir noch einmal zu erklären, aber er zuckt gleichgültig mit den Schultern und geht hinunter, seinen Motor anzuwerfen, während die Strömung sie rasch flußabwärts treibt. Hinter einer Flußbiegung entschwinden sie unseren Blicken.

Wir setzen unsere Fahrt fort. Ich versuchte beim Kapitän etwas über die bruchstückhaften Erklärungen des Maschinisten in Erfahrung zu bringen. »Hören Sie nicht darauf«, sagte er. »Man erzählt viel Unsinn darüber. Gehen Sie hin, sehen Sie es sich mit eigenen Augen an und machen Sie sich ein Bild. Ich weiß wenig über diese Sache. Die Sägewerke gibt es jedenfalls; ich habe sie mehrmals gesehen und Leute dorthingebracht, die dort arbeiten. Das Problem ist nur, daß sie ihre eigene Sprache sprechen und ich mich nie danach erkundigt habe, was genau dort gemacht wird oder um welches Geschäft es geht. Ich glaube, es sind Finnen, aber wenn Sie mit ihnen deutsch sprechen, verstehen sie schon etwas. Aber ich sage es Ihnen noch einmal, hören Sie nicht auf Gerüchte und Klatsch. Die Menschen hier neigen dazu, Geschichten zu erfinden. Diese Geschichten in den Ranchosiedlungen und den Militärposten herumzuerzählen, erhält sie am Leben. Dort schmückt man sie aus, übertreibt sie, verändert sie und meint, damit die Langeweile zu vertreiben. Machen Sie sich keine Sorgen. Jetzt sind Sie schon hier. Schauen Sie sich um und sehen Sie selbst, was passiert.« Ich dachte eine Weile über das nach, was der Kapitän gesagt hatte, und merkte plötzlich, daß ich an dem Holzgeschäft das Interesse fast völlig verloren hatte. Es würde mir nichts ausmachen, wenn wir sofort zurückkehren würden. Ich bleibe jedoch nicht aus reiner Entschlußlosigkeit hier. Es ist, als ob es jetzt nur darum ginge, diese Reise fortzusetzen, diese Gegenden zu durchstreifen, zusammen mit den Menschen, die ich hier kennengelernt habe, das Erlebnis des Urwalds zu teilen und mit jener Fülle von Bildern, Stimmen, Leben, Düften und Träumen zurückzukehren, die sich zu jenen Schatten gesellen würden, die mich zu keinem anderen Zweck begleiten als dem, das fade Gespinst der Zeit aufzuhellen.

4. Juni

Die Strömung des Flusses ändert sich schlagartig. Das Flußbett muß schroff und steinig sein. Die Sandbänke sind verschwunden. Der Strom wird enger, und kleine Hügel tauchen am Ufer auf und legen eine rötliche Erde frei, die streckenweise wie trockenes Blut aussieht und dann wieder eine rosa Färbung annimmt. Die Bäume an den Steilufern enthüllen ihre Wurzeln wie frisch polierte Knochen, und die Baumkronen zeigen abwechselnd ihre hellvioletten und intensiv orangenen Blüten in einem Rhythmus, der wie absichtlich erscheint. Die Hitze nimmt zu, aber es herrscht nicht mehr diese Feuchtigkeit und drückende Schwüle, die uns jegliche Kraft zur Bewegung nimmt. Jetzt umhüllt uns eine trockene, stechende Hitze, die das Sonnenlicht ungehindert durchläßt, zielsicher auf alles fällt und den Dingen eine unvermeidliche, absolute Gegenwart verleiht. Alles schweigt und scheint auf eine ungeheure Offenbarung zu warten. Das Geknatter des Motors hängt wie ein Mißklang in der vollkommenen Stille der Landschaft. Der Kapitän kommt, um mich zu warnen: »In wenigen Minuten werden wir in die Stromschnellen kommen. Man nennt sie ›Vorübergehen des Engels‹. Ich weiß nicht, wie es zu dem Namen kommt. Vielleicht wegen der Ruhe, die den flußabwärts fahrenden Reisenden überrascht und die ihm das Gefühl der Erleichterung vermittelt und ihm die Gewißheit gibt, daß die Gefahr vorüber ist. Wenn man sich dann erneut in die Strömung begibt, ist der Name dagegen irreführend und kann sich für Neulinge fatal auswirken. Hier spreche ich immer das Gebet für die Reisenden in Lebensgefahr. Ich habe es selbst verfaßt. Da ist es. Lesen Sie. Wenn Sie nicht daran glauben, wird es Ihnen wenigstens helfen, Ihre Angst zu zerstreuen.« Er gibt mir ein beidseitig beschriebenes Blatt Papier in einer Plastikhülle, die so verschmiert ist von Fettflecken, Staub und Schmutz und von Spuren unzähliger Hände, daß es fast unmöglich ist, den Text, der wohl von einer Frau mit stolzer, spitzer und bestechend klarer Handschrift verfaßt wurde, zu lesen. In Erwartung der Stromschnellen schreibe ich das Gebet ab, das so lautet:

Erhabenes Schicksal meiner Väter und Vorfahren, Wegweiser und Beschützer jeder Stunde, offenbare dich in diesem Augenblick der Gefahr, ziehe dein Schwert und halte eisern an dem Gebot deiner Absicht fest, widerrufe das Chaos der Vögel und augurenhaften Wesen und reinige die Vorhalle der Unschuldigen, wo der Auswurf der Verstoßenen zu einem Zeichen des Unglücks gerinnt und wo die Gewänder der Flehenden ein Makel sind, der unseren Kompaß abweichen läßt, unsere Berechnungen ungenau und unsere Vorhersagen trügerisch macht. Ich flehe dich in dieser Stunde an und bereue von ganzem Herzen die Kette meiner Schuld: meinen Pakt mit den Leoparden, die an den Krippen gefüttert werden, meine Schwäche und Nachgiebigkeit den Schlangen gegenüber, die ihre Haut beim bloßen Schrei des verirrten Jägers abstreifen; meine Verbrüderung mit den Leibern, die von Hand zu Hand gereicht wurden wie ein Stab, der den Ausweg finden hilft, und auf deren Haut sich der Speichel der Demütigen kristallisiert; mein Geschick, der Lüge Macht und Einfluß zu verleihen, die meine Brüder vom rechten Weg des Handelns abbringt; meine Unbesonnenheit, deine Allmacht in den Zollämtern und Wachposten zu verkünden, in den Hallen des Schmerzes und den Schiffen, auf denen Festmusik erklingt, in den Türmen, die die Grenzen bewachen, und in den Gängen der Mächtigen. Lösch mit einem Handstreich so viel Unglück und Schmach, bewahre mich und sei gewiß, daß ich deinen bitteren Gesetzen, deinem kränkenden Stolz, deinen unfaßbaren Taten und trostlosen Urteilen gehorchen werde. Ich begebe mich gänzlich unter die Herrschaft deiner vollkommenen Barmherzigkeit, und mit all meiner Demut trete ich vor dein Antlitz, um dich daran zu erinnern, daß ich ein Wanderer in Lebensgefahr bin und daß mein Schatten nichts wert ist; daß jener, der fern von den Seinen stirbt, dem Müll gleicht, den man in eine Marktecke kehrt, daß ich dein Knecht und hilflos bin, daß dies die Worte aus ungetrübtem, reinen Metall desjenigen sind, der bezahlt hat, was man dir jetzt und bis in die bleiche Ewigkeit schuldig ist.

Amen

Meine Zweifel an der Wirksamkeit solch barbarischer Litaneien waren mehr als begründet, aber ich wagte nicht, sie dem Kapitän gegenüber zu äußern, der mir den Text mit so deutlichen Segenswünschen und mit inbrünstigem Glauben an seine bewahrende und beschützende Kraft überreicht hatte. Ich ging zum Bug, von wo aus ich die Wasserwirbel beobachtete, welche das Schiff hin- und herzustoßen begannen, und gab dem Kapitän das Blatt zurück, das er in seine hintere Hosentasche steckte, wo er auch alles Werkzeug zur Reinigung seiner Pfeife verwahrt.

7. Juni

Wir kamen ohne besondere Zwischenfälle durch die Stromschnellen, aber es war für mich eine Prüfung, die in vieler Hinsicht meine Vorstellungen von Gefahr und von der wirklichen Allgegenwärtigkeit des Todes erschütterte, die ich noch gestern besaß. Und wenn ich *wirklich* sage, so meine ich, daß es sich nicht um jenes Phantom handelt, das wir in unserer Phantasie heraufbeschwören und dem wir Gestalt aus Bruchstücken verleihen, die wir unserer Erinnerung an Menschen entnehmen, die wir unter den verschiedensten Umständen haben sterben sehen. Nein. Es geht vielmehr darum, bei vollem Bewußtsein und mit wachen Sinnen die unmittelbare und unwiderlegbare Nähe des eigenen Todes, das unwiderrufliche Ende unserer Existenz wahrzunehmen. Da, zum Greifen nahe, unabweisbar. Eine nützliche Prüfung und schwere Lektion. Sie kommt verspätet wie alle Lektionen, die uns direkt und tief angehen.

An dem Tag, an dem der Kapitän mir sein berühmtes Gebet gab, beschloß der Maschinist, daß wir anhalten müßten, um den Motor zu überprüfen. Wenn man gegen die Stromschnellen fährt, bedeutet ein Maschinenschaden den sicheren Tod. Wir fuhren ans Ufer, und er nahm den ganzen Motor auseinander, reinigte ihn und prüfte jedes einzelne Teil. Die geduldige Weisheit, mit der dieser Indianer aus den abgelegensten Regionen des Urwaldes es schafft, sich in einen Mechanismus hineinzudenken, der in Ländern erfunden und perfektioniert wurde, deren fortgeschrittene Zivilisation fast ausschließlich auf Technik beruht, ist faszinierend. Die Hände unseres Maschinisten bewegen sich mit solcher Geschicklichkeit, daß sie wie von einem Schutzgeist der Mechanik gelenkt scheinen, der diesem Ureinwohner mit flachen Mongolengesicht und der glatten, unbehaarten Haut einer Schlange völlig fremd ist. Er gab keine Ruhe, bis er nicht jede Funktion des Motors genauestens geprüft hatte. Mit einer knappen Kopfbewegung bedeutete er dem Kapitän, daß er bereit war, es wieder mit der Strömung, dem ›Vorübergehen des Engels‹, aufzunehmen. Die Nacht überraschte uns jedoch, und wir beschlossen, noch bis zum Morgengrauen zu bleiben. Es ist nicht ratsam, mit der Fahrt flußaufwärts in der Nacht zu beginnen.

Am nächsten Tag brachen wir mit dem ersten Licht der Morgendämmerung auf. Entgegen meiner Vermutung werden Stromschnellen nicht von den Felsen gebildet, die aus dem Fluß herausragen, seinen Kurs behindern und ihn reißender machen. Alles spielt sich in den Tiefen ab mit ihren zahllosen Mulden, Windungen, Höhlen, Wirbelströmen und Spalten, während gleichzeitig das Gefälle steiler wird und das Wasser in ständigem Wechsel von Richtung und Strömung in einem tosenden Wirbel von reißender Kraft hinabschießt.

»Legen Sie sich nicht in die Hängematte. Bleiben Sie aufrecht stehen und halten Sie sich an den Stangen der Persenning fest. Schauen Sie nicht auf die Strömung und versuchen Sie, an etwas anderes zu denken.« Das waren die Anleitungen des Kapitäns, der die ganze Zeit über am Bug stand und sich an der Reling festhielt. Neben ihm war der Lotse, der das Steuer abrupt hin- und herbewegte, um der Sturzsee von Wasser und Schaum auszuweichen, die sich plötzlich wie der Rücken eines Fabeltieres erhob. Die Schraube hing ständig in der Luft und drehte sich im Leerlauf mit überstürzter und unkontrollierbarer Geschwindigkeit. Je weiter wir in die schmale Schlucht eindrangen, die sich das Wasser über Jahrtausende gegraben hatte, desto trüber wurde das Tageslicht, und ein Schleier aus Schaum und Nebel umhüllte uns, der sich durch den Aufprall des tosenden Wassers auf die glatte Oberfläche der Felswände bildete. Lange Zeit hätte man glauben können, daß es dämmerte. Das Schiff schwankte unter den Erschütterungen, als bestünde es aus ganz leichtem Holz. Sein Metallrumpf hallte wider wie das dumpfe Grollen eines fernen Donners. Die Nieten, die die Metallplatten zusammenhielten, vibrierten und klapperten und demonstrierten damit jene Anfälligkeit des gesamten Schiffsgerippes, welche die Katastrophe ankündigt. Stunden vergingen, und wir wußten nicht, ob wir überhaupt vorankamen. Es war, als säßen wir für immer in dem unerbittlichen Getöse des Wassers fest und harrten darauf, in jedem Moment von dem Wasserstrudel verschlungen zu werden. Eine unsagbare Müdigkeit begann meine Arme zu lähmen, und meine Beine fühlten sich an, als wären sie aus einem weichen, unempfindlichen Stoff. Als ich glaubte, nicht länger aushalten zu können, hörte ich von weitem den Kapitän, der etwas in meine Richtung schrie. Er wies mit dem Kopf in den Himmel, und auf seinem Gesicht zeigte sich ein verzerrtes, rätselhaftes Lächeln. Ich folgte seinen Blicken und sah, daß die Luft für Augenblicke aufklarte. Einige Sonnenstrahlen drangen durch die Wolken von Schaum und Nebel, die in den Farben des Regenbogens aufleuchteten. Das Grollen der Flut und das Aufschlagen des Schiffsrumpfes auf dem Wasser ließen nach. Das Schiff kam voran, während es sich auf- und abwiegte, nun aber von der sicheren und beständigen Kraft der Schiffsschraube unter Kontrolle gehalten. Als das Stampfen des Schiffes weiter abnahm, kauerte sich der Kapitän auf den Boden und gab mir ein Zeichen, mich doch in die Hängematte zu legen. Sein leuchtender, bunter Sonnenschirm war verschwunden. Als ich versuchte, mich zu bewegen, spürte ich am ganzen Körper Schmerzen, als ob man mich geschlagen hätte. Stolpernd gelangte ich in meine Hängematte und legte mich mit einem Gefühl der Erleichterung nieder, das sich wie Balsam auf dem ganzen Körper ausbreitete und das jedes Gelenk, jeder Muskel und jeder Zentimeter der vom Wasser gepeitschten und erstarrten Haut dankbar aufnahm. Eine leichte Trunkenheit und Schläfrigkeit suchten mich heim, während ich das Glück feierte, am Leben zu sein. Der Fluß strömte wieder durch Binsengewächse, aus denen sich Reiher in die Luft schwangen und sich auf blühenden Baumkronen niedersetzten. Dann wieder die trockene, unbewegte Hitze, die in der Luft zu stehen scheint und die mich daran erinnerte, daß es ähnliche Nachmittage wie diesen gegeben hatte, der in einer wohltuenden, unendlichen Ruhe ausklang.

Ich fiel in einen tiefen Schlaf, bis der Lotse kam und mir eine Tasse warmen Kaffees und ein paar Scheiben gebratene Plátanos auf einem zerdellten Zinnteller brachte. »Man muß etwas essen, Señor, wenn Sie Ihre Kräfte nicht wiedererlangen, überwältigt Sie der Hunger und Sie träumen von Toten.« Seine Stimme klang so väterlich, daß eine grundlos kindliche Nostalgie mich überflutete. Ich dankte ihm und trank den Kaffee mit einem Schluck aus. Während ich die Plátanosscheiben aß, kehrte nach und nach mein alter Glaube an das Leben zurück, an die Welt mit ihren immer neuen Wundern, an die drei oder vier Menschen, deren Stimmen mich jenseits der Zeit und trotz meines unverbesserlichen Wanderlebens erreichen.

8. Juni

Allmählich verändert sich wieder die Landschaft. Zu Anfang gibt es dafür nur sporadische und nicht immer eindeutige Anzeichen. Selbst wenn die Temperatur dieselbe bleibt, wird die Ofenhitze, die sich gleich einem widerspenstigen Tier weigert weiterzuziehen, manchmal von einer frischen Brise gemildert. Diese Böen aus anderen Klimazonen erinnern mich an gewisse Adern in Marmorblöcken, die von der sonstigen Tönung und Struktur der Steine abweichen.

Die Sümpfe verschwinden und werden von einer niedrigen und dichten Vegetation abgelöst, die den Duft von Pollen ausströmt, wenn man sie in ein Gefäß einschließt.

Er erinnert an Honig, bewahrt aber immer eine markante pflanzliche Note. Das Flußbett wird immer enger und tiefer. Die Ufer nehmen eine schlammartige Beschaffenheit an, die sich wie Tonerde anfühlt. Das frische, klare Wasser hat eine leichte Eisenfärbung. Diese Veränderungen wirken sich auf die Stimmung von uns allen aus. Die Spannung läßt nach, die Gesprächsbereitschaft wächst, und in den Augen aller liegt ein Glanz, als wäre etwas Langersehntes endlich da. Im letzten Nachmittagslicht erscheint am Horizont eine taubenblaue Linie, die in Gewitterwolken übergeht, welche sich in einer schwer abschätzbaren Entfernung zusammenbrauen. Der Kapitän kommt heran und zeigt auf den Ort, den ich so aufmerksam im Blick habe. Während er mit der Hand eine wellenartige Bewegung beschreibt, als zeichne er die Umrisse einer Kordillere, nickt er wortlos und lächelt mit einem Anflug von Trauer, der mich erneut beunruhigt. »Die Sägewerke?« frage ich, als wollte ich seine Antwort vermeiden. Er bejaht nochmals mit einer Kopfbewegung, während er die Augenbrauen hebt und den Mund in die Breite zieht, als wollte er etwa sagen: »Ich kann nichts machen, aber rechnen Sie mit meinem Mitgefühl.«

Ich setze mich an die Bugkante und hänge die Beine ins Wasser, das mich bespritzt und mir ein Gefühl der Erfrischung gibt, das ich zu einem anderen Zeitpunkt mehr genossen hätte. Ich grüble über die Sägewerke nach und über das, was sich wie eine böse Überraschung hinter ihnen verbirgt, die ich zwar erahne, über die mir aber noch niemand weitere Einzelheiten verraten wollte. Ich denke an Flor Estévez und an ihr Geld, das ich doch gerade in diesem von Vorahnungen geprägten Abenteuer riskiere, an meine übliche Torheit, mit der ich solche Geschäfte angehe, doch plötzlich merke ich, daß mich das alles nicht mehr interessiert. Daran zu denken ist mir lästig und erzeugt in mir das lähmende Schuldgefühl desjenigen, der sich schon ausgebootet weiß und nur noch den Ausweg aus einer Abmachung sucht, die jede Minute seines Lebens vergiftet. Diese Stimmung kenne ich mittlerweile allzu gut. Und ich kenne auch die Ausflüchte, mit denen ich mich aus der Affäre und dem Unbehagen zu befreien suche, schuldig zu sein. Ein Gefühl, das mir die Möglichkeit nimmt, das zu genießen, was das Leben mir jeden Tag als Belohnung für meine Beharrlichkeit gibt, an seiner Seite zu verweilen.

10. Juni

Merkwürdiges Gespräch mit dem Kapitän. Das Rätselhafte liegt jenseits der Worte. Deshalb erweist sich seine Wiedergabe als unbefriedigend. Der Tonfall seiner Stimme, seine Gesten und seine Art, sich in langen Pausen des Schweigens zu verlieren, machen dieses Gespräch zu einer jener Übungen, bei denen die Worte nicht dazu da sind, das wiederzugeben, was wir mitteilen möchten, sondern im Gegenteil die Verständigung erschweren und nur vom Wesentlichen ablenken. Sie verhüllen den eigentlichen Grund des Gesprächs. Aus der Hängematte, die meiner gegenüberliegt, dringt seine Stimme zu mir und schreckt mich auf. Ich hatte gedacht, er schliefe. »Nun gut, Seefahrer, das hier geht wohl seinem Ende zu. Dieses Abenteuer gibt nicht mehr viel her.«

»Ja, es scheint, daß die Sägewerke in Sicht sind. Heute sieht man schon ganz deutlich die Kordilleren«, antworte ich ihm, obwohl ich weiß, daß seine Bemerkung tiefer zielt.

»So wie die Dinge liegen, glaube ich nicht, daß Sie noch Interesse an den Sägewerken haben. Ich meine, daß das Entscheidende, was diese Reise uns bescheren sollte, schon geschehen ist. Glauben Sie nicht?« »Ja, vielleicht. Da ist was dran«, erwidere ich ihm kurz, um ihm die Gelegenheit zu geben, seinen Gedanken zu Ende zu führen.

»Schauen Sie mal, wenn Sie es so betrachten, werden Sie feststellen, daß von der Begegnung mit der Indianerin bis zum ›Vorübergehen des Engels‹ alles miteinander verkettet war, daß sich alles perfekt zusammengefügt hat. Solche Dinge geschehen immer folgerichtig und zu einem eindeutigen Zweck. Das Wichtigste ist, ihn zu entziffern.« »Was mich betrifft, Kapi, so hat sich ihre Bedeutung schon enthüllt. Aber Sie? Wie steht es mit Ihnen?« »Ich habe auf diesen Flüssen und auf dem großen Fluß schon viel erlebt. Die gleichen oder sehr ähnliche Erlebnisse wie jene, die uns zugestoßen sind. Aber was mich neugierig macht, ist die Reihenfolge, in der sie diesmal aufgetreten sind.« »Ich verstehe Sie nicht, Kapi. Es gab eine Reihenfolge für mich und eine andere für Sie, natürlich. Sie haben nicht mit der Indianerin geschlafen, wurden nicht in dem Militärposten krank, noch glaubten Sie beim ›Vorübergehen des Engels‹, daß Ihr letztes Stündlein geschlagen hat.«

»Wenn man einem begegnet, der das erlebt hat, was Sie erlebt haben, und der durch die Prüfungen gegangen ist, die Sie zu dem gemacht haben, der Sie jetzt sind, so bedeutet es für mich genauso viel – oder noch mehr –, dabei Ihr Zeuge und Kamerad gewesen zu sein, als wenn mir diese Dinge selbst zugestoßen wären. Die Tage in dem Militärposten, wo ich neben Ihrer Hängematte saß und zusehen mußte, wie das Leben von Ihnen wich, waren für mich eine härtere Prüfung als für Sie.«

»Haben Sie deshalb aufgehört zu trinken?« fragte ich ihn etwas barsch, um ihm Genaueres zu entlocken.

»Ja, deshalb, und weil ich dadurch über vieles nachgedacht habe. Es war, als hätte ich plötzlich entdeckt, daß ich in einem Stück mitspiele, das nicht für mich gedacht ist. Ich finde es nicht gut, wenn man einen Großteil seines Lebens damit verbringt, eine Rolle zu spielen, die einem nicht zusteht. Und noch schlimmer ist es, das erst dann zu entdecken, wenn man nicht mehr die Kraft hat, etwas zu ändern oder das Versäumte nachzuholen. Verstehen Sie mich?« »Ja, ich glaube, ich verstehe Sie. Das ist mir auch schon passiert, wenngleich auch nur für kurze Zeit, bis ich es schaffte, mich zu erholen und wieder auf die Füße zu kommen«, lenkte ich ein und versuchte, ihn auf diese Weise von der Wendung abzubringen, die er unserem Gespräch gab, und ihm zu verstehen zu geben, daß ich begriffen hatte.

»Sie sind unsterblich, Seefahrer. Auch wenn Sie eines Tages wie alle anderen sterben sollten. Das ändert nichts an dieser Tatsache. Sie sind unsterblich, so lange Sie leben. Ich glaube, Sie sind im Grunde schon vor langer Zeit gestorben. Mein Leben dagegen sieht wie ein Haufen Stoffetzen aus, die von einem zerschnittenen Kleid übriggeblieben und nun willkürlich zusammengeflickt sind. Als mir das bewußt wurde, gab ich das Trinken auf. Es war aussichtslos, sich noch länger zu betrügen. An dem Tag, an dem ich Sie in dem Klassenzimmer der Schule auferstehen und das Übel bekämpfen sah, wurde mir alles klar. Ich sah, wo mein Irrtum lag und wann er angefangen hatte.«

»Als Sie Hamburg verließen?« fragte ich ihn, das Terrain abtastend. »Das ist gleichgültig, wissen Sie? Völlig gleichgültig. Es hat auch schon damals sein können, als ich mit der Chinesin floh, als ich die Antillen verließ. Ich weiß nicht, es ist auch unwichtig. Eben gleichgültig.« In seiner Stimme lag eine Mutlosigkeit und Verwirrung, die mehr ihm selbst als mir galt. Es schien, als hätte er nicht damit gerechnet, so weit zu gehen.

»Ja«, fügte ich hinzu, »Sie haben recht. Letztlich ist es gleichgültig. Wenn man zu diesem Schluß kommt, sind die Gründe unwichtig und tragen wenig zur Erklärung bei.«

Eine lange Schweigepause ließ mich vermuten, daß er eingeschlafen war. Dann aber schreckte er mich wieder auf: »Wissen Sie, wer davon genausoviel versteht wie wir?« fragte er mich in einem Tonfall, der fast scherzhaft klang.

»Nein, wer?« »Der Major, Mann, der Major. Deshalb ist er auf den Militärposten zurückgekehrt. Nie sah ich ihn derart um einen Kranken besorgt wie bei Ihnen. Und denken Sie dabei an die vielen Soldaten, die er schon sterben sah. Er ist auch kein Mann, der so ohne weiteres gerührt ist. Sie haben ja selber gesehen, ich brauche es Ihnen nicht zu erzählen. Sie sollen nur wissen, daß er viele Stunden lang neben mir stand, über Ihre Fieberträume wachte und den Kampf mitlitt, den Sie in dieser Hängematte wie eine eingesperrte Furie austrugen.«

»Ja, ich habe so etwas Ähnliches vermutet, wegen der Art und Weise, wie er mich behandelte und wegen der Worte, die er an mich richtete, als wir uns verabschiedeten. Er konnte es nicht fassen, daß ich mich gerettet hatte, und das beschäftigte ihn.« »Sie irren sich. Er begriff ebenso wie ich. Er entdeckte Ihr Wesen, unsterblich zu sein, und das machte ihn so betroffen, daß sich sein Charakter radikal veränderte. Es war das erste Mal, daß ich hinter seiner so selbstsicheren Fassade eine Schwachstelle entdeckte. Und ich hatte gedacht, daß er unverletzlich sei.« »Ich würde ihn gern wiedersehen«, dachte ich laut. »Sie werden ihn sicher wiedersehen, keine Sorge. Auch ihn beschäftigen Sie immer noch. Wenn Sie sich wiedersehen, werden Sie sich an das erinnern, was ich Ihnen hier gesagt habe«, erwiderte er mit einer nun klanglosen, fernen und leisen Stimme.

Ich begriff, daß unser Gespräch beendigt war. Ich blieb noch lange wach, und die Worte des Kapitäns mit ihrer unterschwelligen Bedeutung gingen mir nicht aus dem Sinn. Worte, die mich immer tiefer trafen, verschollene Bereiche meines Bewußtseins berührten und überall Alarmzeichen verbreiteten. Mir war, als ob jemand meine Seele zur Ader ließe.

12. Juni

Uns gegenüber am Horizont tauchen die Kordilleren mit überwältigend scharfen Umrissen auf. Ich merke, daß ich schon vergessen hatte, was die Berge mir bedeuten: Zufluchtsort und unerschöpfliche Quelle von Herausforderungen, die mir Kraft geben und die Sinne schärfen und das Bedürfnis wieder in mir wecken, den Zufall zu provozieren, um seine Grenzen zu erproben. Vor dem Schauspiel dieser Bergkette, umhüllt vom bläulichen Schimmer der Luft, fühle ich aus der Tiefe meines Bewußtseins ein stummes Bekenntnis hochsteigen, das mich mit Glück erfüllt und von dem nur ich weiß, daß es jede Stunde meines Lebens erhellt und ihm Sinn verleiht: »Dorthin gehöre ich. Sobald ich mich entferne, sterbe ich.« Vielleicht meint der Kapitän das, wenn er von Unsterblichkeit spricht. Ja, das ist es, und jetzt verstehe ich es vollkommen. Flor Estévez und ihre unbändige, schwarzbraune Mähne, ihre harten und besänftigenden Worte, ihr schlampiger Körper und ihre Lieder, die imstande sind, Gauner und Säuglinge einzulullen, deren ohnmächtige Unschuld nur sie mit dem Wissen einer unfruchtbaren Frau begreift, sie, die am Leben rüttelt und es an der Schulter packt, bis es ihr gibt, was sie von ihm verlangt.

Die Kordilleren. Was mußte nicht alles passieren, bis ich den Urwald so erfahren konnte, bis ich jetzt – mit den Spuren der Prüfungen, die mir die Fahrt durch diese sanfte, vermodernde Hölle beigebracht hat, noch frisch auf meiner Haut – erkenne, daß ich dort hingehöre. Dort oben hin, zwischen die tiefen Schluchten, wo sich die riesigen Farnkräuter wiegen, in die verlassenen Minenschächte, in die feuchten Haine der Kaffeepflanzungen, die blendend weiße Blüten oder das fröhliche Rot der Früchte schmücken, zu den Plátanopflanzen mit ihrem unbeschreiblich weichen Stamm und den Blättern in zartem, warmem und glattem Grün; an ihre Flüsse, die steil herabfließen und sich an den großen Steinen brechen. Steine, die die Sonne zum Vergnügen der Krokodile wärmt, welche dort ihren Liebesspielen und stillen Versammlungen nachgehen; dort, wo riesige Schwärme kleiner Papageien mit Heergeschrei die hohen Baumkronen der Cámbulobäume bevölkern. Dorthin gehöre ich, und jetzt fühle ich es mit der Gewißheit desjenigen, der endlich seinen Platz auf Erden gefunden hat. Von dort aus werde ich erneut aufbrechen, wer weiß, wie oft noch, aber jedenfalls nicht, um in die Landstriche zurückzukehren, aus denen ich gerade komme. Und wenn ich dann fern von den Kordilleren bin, wird mich ihr Fernsein schmerzen, mit einem neuen Schmerz, der aus der heftigen Sehnsucht entsteht, dorthin zurückzukehren, mich auf ihren Pfaden zu verlieren, die nach Berg duften, nach Yaraguágras, nach frischer, regenbenetzter Erde und nach gemahlenem Zucker.

Die Nacht bricht herein, und ich lege mich in meine Hängematte. Gleich einer Vorahnung und einer Bestätigung weht eine frische Brise, die zeitweise den Duft von Früchten herüberbringt, deren Existenz meinem Gedächtnis entfallen war. Ich sinke in einen Schlaf, als ob ich meine Jugend in der nur kurzen Zeitspanne dieser Nacht noch einmal erleben würde, vollkommen unverändert zwar, ohne daß mein eigener törichter Umgang mit dem Nichts ihm etwas hätte anhaben können.

13. Juni

Heute las ich das Buch über den Mord an Ludwig von Orléans im Auftrag von Jean sans Peur, des Herzogs von Burgund, zu Ende. Ich lege das Buch zu meinen wenigen Habseligkeiten, denn ich werde sicher einige Details wieder lesen wollen. Offensichtlich gab es anhaltende Provokation von seiten des Opfers, das von Isabel von Bayern, seiner Schwägerin und wahrscheinlich Geliebten, unterstützt wurde. Die Zurückhaltung des Propstes von Paris und das gezierte Gehabe des Autors erlauben es nicht, den Fall, der mir höchst wichtig erscheint, aufzuklären. Den Kampf zwischen den Armagnacs und den Burgundern könnte man unter einem sehr interessanten Blickwinkel untersuchen, vor allem von seinem Ursprung und den wirklichen Beweggründen her, die ihn ausgelöst haben. Aber dies spare ich mir für später auf. In Antwerpen und Lüttich muß es in den Archiven noch erhellende Dokumente geben, die ich eines Tages durchsehen werde. Ich nehme es mir für den Fall vor, daß ich meinem lieben Abdul Bashur und seinen Kumpanen noch einen Dienst erweisen könnte. Abdul, was für ein Kerl! In ihm vereinen sich der herzliche und rückhaltlose Freund, der alles aufgeben kann, nur um einem aus der Patsche zu helfen, und der Händler mit der unerbittlichen Schläue, der sich auf labyrinthische Rachezüge einläßt, denen er seine beste Zeit und sein ganzes Vermögen opfert. Ich lernte ihn in einem Café in Port Said kennen. Er saß an dem Tisch nebenan und verkaufte gerade einem Juden aus Tetuán eine Sammlung Opalsteine. Jener verstand entweder das Kauderwelsch nicht, mit dem Abdul auf ihn einredete, oder er wollte es nicht verstehen, damit meinem Freund die Argumente ausgingen und er die Ware für einen geringeren Preis erwerben konnte. Abdul wandte sich an mich, und mit der Intuition des Levantiners, der stets erahnt, in welcher Sprache er mit einem Fremden sprechen muß, bat er mich auf flämisch, ihm bei dem Geschäft zu helfen, und bot mir einen vielversprechenden Anteil an. Ich ging zu seinem Tisch hinüber und verständigte mich mit dem Israeli auf spanisch. Abdul lieferte mir die Argumente auf flämisch, und ich schmückte sie auf spanisch aus. Der Vertrag wurde geschlossen, so wie Abdul es sich vorgestellt hatte. Wir blieben also dort am Tisch, während der Jude sich entfernte, seine Steine noch einmal in den Händen prüfte und böse Verleumdungen gegen die gesamte Sippe meiner Vorfahren vor sich her murmelte. Abdul und ich wurden bald gute Freunde. Er erzählte mir, daß er zusammen mit seinen Vettern eine Werft besäße, die aber gerade schlecht lief. Er versuchte zu dem Zeitpunkt, Geld aufzutreiben, um nach Antwerpen zurückzukehren und die Werft zu sanieren. Wir irrten in vielen Häfen des Mittelmeeres umher, bis es uns in Marseille gelang, eine ziemlich heikle Fracht, mit der keiner ein Risiko eingehen mochte, in einem Schiff unterzubringen. Die Summe, die diese Aktion uns eintrug, erlaubte es Abdul, sein Unternehmen wieder auf Trab zu bringen, und mir, endlich über jenen Verlust meiner Beteiligung hinwegzukommen, der mir in dem unsinnigen Unternehmen der Minen von Cocora entstanden war, wo ich alles verlor und beinahe ums Leben kam. Bei anderer Gelegenheit habe ich bereits darüber berichtet.

Abdul Bashur schrieb mir später und schlug mir ein Geschäft mit einem Frachter unter tunesischer Flagge vor, doch ich beschloß, mein Glück in dieser Sache mit den Sägewerken zu versuchen, die wohl, soweit ich das jetzt beurteilen kann, recht wenig und vielleicht gar nichts einbringen wird. Wenn ich mir jetzt all diese vergangenen Episoden und Pläne ins Gedächtnis rufe, spüre ich eine unsagbare Müdigkeit in mir aufsteigen, eine Lähmung, als hätte ich zehn Jahre an diesen Orten der Verdammnis und der Niederlagen verbracht.

16. Juni

Vorgestern weckte mich in der Morgendämmerung ein Schatten, der den ersten Sonnenstrahl verdeckte, der mir immer in die Augen scheint und an den ich gewöhnt bin, weil er mich zwingt, mich in der Hängematte umzudrehen, ohne daß ich ganz aufwache. So kann ich eine Stunde länger schlafen, einen Schlaf, der ganz besonders erquickend ist und der mich für den unruhigen Schlaf der Nacht entschädigt. Etwas hing von den Eisenstangen des Sonnensegels herunter und verdeckte mir das Licht. Mit einem Schlag war ich wach: Der Körper des Kapitäns baumelte leicht an dem horizontalen Träger. Er hing mit dem Rücken zu mir, und sein Kopf lehnte gegen das dicke Seil, das er verwendet hatte, um sich zu erhängen. Ich rief Miguel, den Maschinisten, der sofort kam und mir dabei half, den Körper abzunehmen. Das rot angelaufene Gesicht hatte einen grotesken und entsetzten Ausdruck, der es fast unkenntlich machte. Erst jetzt fiel mir auf, daß eines der markantesten Merkmale des Toten die gewisse verordnete Würde seiner Gesichtszüge war, selbst dann, wenn er vollkommen betrunken war. Sie verlieh ihm eine Ähnlichkeit mit jenen alten Schauspielern, die die großen tragischen Rollen des griechischen und elisabethanischen Theaters spielten.

Wir suchten in seinen Kleidern nach irgendwelchen Notizen, die er vielleicht hinterlassen hatte, aber wir fanden nichts. Das Gesicht des Maschinisten wirkte nun ausdrucksloser und verschlossener denn je. Der Lotse kam, um uns zuzuschauen, und bewegte den Kopf mit dem resignierten Verständnis eines alten Menschen. Wir legten an einem Ufer an, dessen Boden uns geeignet schien, die Leiche zu begraben. Wir wickelten ihn in die Hängematte, in der er am häufigsten gelegen hatte. Wir hoben die Erde aus, die eine tonartige Beschaffenheit und einen rötlichen Farbton hatte, der an Intensität zunahm, je tiefer die Grube wurde. Die Arbeit nahm mehrere Stunden in Anspruch. Am Ende waren wir schweißgebadet, und die Glieder schmerzten uns. Wir legten den Körper in die Grube und schaufelten die Erde wieder an ihren Platz. Der Lotse hatte unterdessen ein Kreuz aus zwei Ästen des Guayakbaumes gebastelt, die er, als wir an Land gingen, abgeschnitten und mit liebevoller Geduld zusammengefügt hatte, während wir schaufelten. Mit seinem Taschenmesser hatte er auf dem Querholz mit sorgfältigen Buchstaben zwei knappe Worte eingeritzt: Der Kapi. Wir verharrten eine Weile schweigend vor dem Grab. Ich wollte etwas sagen, aber dann dachte ich, daß es die andächtige Stimmung zerstören würde, in die wir versunken waren. Jeder von uns rief sich auf seine Weise aus seinen persönlichen Erinnerungen den Kameraden ins Gedächtnis, der endlich, nachdem er, wie er mir so oft erzählte, das Leben gelebt hatte, das ihm nicht zustand, Ruhe gefunden hatte. Als wir uns zum Boot aufmachten, um die Reise fortzusetzen, wurde mir klar, daß ich hier einen Freund zurückließ, einzigartig in seinem kameradschaftlichen Feingefühl und seiner bestimmten, unbedingten Herzlichkeit.

Als der Planchón losfuhr, ging ich zum Maschinisten, um mit ihm den weiteren Verlauf der Reise zu besprechen.

»Keine Sorge«, sagte er in seinem barbarischen, aber durchaus verständlichen Sprachkauderwelsch. »Wir fahren zu den Sägewerken. Ich bin seit zwei Jahren Besitzer des Schiffes. Als der Kapi es in dem Stützpunkt am großen Fluß kaufte, habe ich den Motor dazu geliefert, den ich seit längerer Zeit für eine Gelegenheit wie diese aufbewahrt hatte. Später kaufte ich ihm das Schiff ab, aber ich wollte nie, daß er als Kapitän aufhörte. Wo sollte er denn hin, und wer wollte ihn denn mit seiner Trunksucht schon nehmen. Ich glaube, die Befehle, die er immer schrie, gaben ihm das Gefühl, noch Eigentümer und Kapitän des Schiffes zu sein. Er war ein guter Mann, er hat viel gelitten, und wer konnte ihn darin besser verstehen als ich. Er nannte mich Miguel. Mein eigentlicher Name ist Xandú, aber der gefiel ihm nicht. Auf Sie hielt er große Stücke und beklagte ab und zu, daß er Sie nicht eher kennengelernt hatte. Er meinte, daß Sie Großes miteinander geschaffen hätten.«

Miguel kehrte zu seinem Motor zurück, und ich lehnte mich an einen der Pfosten, um in die Strömung zu schauen. Wieder dachte ich darüber nach, daß wir nichts über den Tod wissen und daß alles, was wir über ihn sagen, erfinden und verbreiten, elende Phantastereien sind, die rein gar nichts mit dem bloßen, notwendigen, unentrinnbaren Faktum zu tun haben, dessen Geheimnis, falls es überhaupt eines besitzt, wir im Sterben mit uns nehmen. Es war offensichtlich, daß der Kapitän die Entscheidung, sich das Leben zu nehmen, schon vor einigen Tagen getroffen hatte. Daß er das Trinken aufgab, war ein Zeichen dafür, daß in ihm etwas ins Stocken geraten war, etwas, das ihn noch am Leben hielt und nun für immer zerbrochen war. Plötzlich verstehe ich das Gespräch, das wir vor einigen Nächten führten, mit einer unwiderruflichen Klarheit. Da hatte er mir seinen Entschluß mitgeteilt. Er war nicht der Mann, plötzlich zu sagen: »Ich werde mir das Leben nehmen.« Er besaß das Schamgefühl der Besiegten. Ich hatte die Botschaft nicht zu entziffern gewagt oder, besser gesagt, ich zog es vor, sie in einem Winkel der Seele aufzubewahren, wo wir die unwiderruflichen Wahrheiten aufbewahren, die uns nicht mehr brauchen, um auf fatale Weise in Erfüllung zu gehen. Ich glaube, daß er mir für mein Verhalten dankbar war. Er wollte, daß wir uns nach seinem Tod durch das, was er uns von seinem Leben erzählt hatte, an ihn erinnern, wollte sich in unserem Gedächtnis verewigen, in dem – und er wußte es – ich ihn für immer bewahren würde. Wieviel Diskretion lag in seiner Art, sich das Leben zu nehmen. Er hatte gewartet, bis ich fest schlief. Es muß kurz vor der Morgendämmerung gewesen sein. Notgedrungen mußte er eine der Eisenstangen des Sonnensegels für seine Absicht verwenden. Jeder andere Weg, sich zu töten, wäre von allen bemerkt worden. Diese schamhafte Zurückhaltung vervollkommnet mein Bild seines Charakters, macht ihn noch harmonischer, bringt ihn mir noch näher und bewirkt, daß er noch tiefer mit der Vorstellung übereinstimmt, die ich von denen habe, die wissen, wie man inmitten der boshaften und blinden Horde der Mitmenschen durchs Leben geht. Je länger ich an ihn denke, desto deutlicher sehe ich, wieviel ich eigentlich über ihn wußte, über seine Eigenschaften, seine Niederlagen und erfüllten Träume, also über fast alles. Ich glaube sogar, seine Eltern gekannt zu haben: die Mutter, eine ungebändigte Indianerin, ganz ihrem Mann ergeben. Der Vater, verloren an den Traum vom Gold und vom unerreichbaren Glück. Ich sehe die dicke Matrone des Bordells in Paramaribo, höre ihr lustvolles Lachen, ihre Schritte einer sinnlichen Sohlengängerin. Und die Chinesin. Sie ist mir am vertrautesten.

Man könnte viel über sie und ihre Einsamkeit in der großen Kloake von Sankt Pauli sagen, wo er sie verließ. Es war seine Art, sein langsames Sterben zu beginnen, eine Art, den Tod in sich mit unaufhaltsamer Geschwindigkeit und in einem unheilbaren Verstümmelungsprozeß zu nähren. Ich finde keinen Schlaf. Die ganze Nacht wälze ich mich in der Hängematte. Grübelnd und in Erinnerungen versunken, versuche ich eine unmittelbare Vergangenheit zu rekonstruieren, in der mir zwei oder drei Lehren erteilt wurden, die wohl für die Tage meines Lebens, die mir noch bleiben, wegweisend sein werden. Vielleicht beginnt gerade hier mein Sterben. Ich wage es aber nicht, gründlich darüber nachzudenken. Ich wünsche mir, daß alles von selbst wieder ins Lot kommt. Vorerst begnüge ich mich damit, in den Páramo[15] zurückzugehen und mich in die barsche, aber wohltuende Obhut von Flor Estévez zu begeben. Sie hätte den Kapi so gut verstanden. Doch wer weiß, sie hat auch eine geschulte Nase für Verlierer, und diese sind nicht gerade ihr Fall. Wie verworren doch alles ist. Wie viele Irrwege in einem Labyrinth, in dem wir immer alles daransetzen, seinen Ausgang zu übersehen; und wie viele Überraschungen und dann, welche Eintönigkeit, wenn wir feststellen, daß es gar keine waren, daß letztlich alles, was uns zustößt, das gleiche Gesicht hat, gleichen Ursprungs ist. Der Schlaf wird nicht mehr kommen. Ich werde Miguel zu einer Tasse Kaffee aufsuchen. Ich weiß schon, wohin diese nächtlichen Grübeleien über das Unausweichliche führen.

Es gibt eine Ödnis, der man sich besser nicht nähert. Sie ist in uns, und es ist besser, daß man nicht weiß, wieviel davon in unserer Seele steckt.

18. Juni

Ich greife jetzt zu kleinen Papierbögen mit amtlichem Stempel, die der Kapitän zusammen mit anderen Papieren, die das Boot und Zollformalitäten betreffen, in einer Schublade verwahrte. Ich merke, daß es mir schwerfällt, dieses Tagebuch weiterzuführen. In gewisser Weise war alles, was ich im Laufe der Zeit geschrieben habe, an seine Gegenwart gebunden. Nicht, daß ich auch nur für einen Augenblick daran gedacht hätte, er würde es eines Tages lesen. Nichts lag mir ferner. Aber seine Gesellschaft, seine Persönlichkeit, seine Vergangenheit ebenso wie seine Art, am Abgrund des Lebens fortzubestehen, dienten mir als Bezugspunkt, als Leitgedanke und, um es beim Namen zu nennen, als Inspiration, auch wenn Toren mit diesem Wort schon viel Verwirrung gestiftet haben. Was ich nun auf diesen Blättern festhalte und was sich ausschließlich mit mir und den Dingen beschäftigt, die in meiner Nähe geschehen, leidet unter einer Leere und einem Mangel an Bedeutsamkeit, die mir das Gefühl geben, einer der vielen Reisenden auf der Suche nach neuen Erfahrungen und unerwarteten Emotionen zu sein, mit einem Wort, etwas, das meinen gründlichen, fast physischen Abscheu erregt. Andererseits wird auch deutlich, daß die leiseste Erinnerung an einen seiner Sätze, an eine Geste oder einen jener abwegigen Befehle ausreichen, um wieder ein Motiv zu finden, dieses Papier weiter zu bekritzeln. Heute nacht hatte ich übrigens wieder einen bezeichnenden Traum, so reich an Einzelheiten, Tiefe und bezwingender Logik, daß gewiß unterschwellige Kraft von ihm ausgehen wird, dieses Tagebuch fortzusetzen.

Ich stand mit Abdul Bashur an einem Kai in Antwerpen, was er immer flämisch aussprach. Wir waren gerade auf dem Weg zu dem Frachter, dessen Führung er mir anvertrauen wollte. Wir kamen zu dem Schiff, das frisch gestrichen wie neu aussah, dessen Laufstege und Leitungen glänzten. Wir stiegen das kleine Fallreep hoch. An Deck wischte eine Frau die Planken mit verwirrender Kraft und Hingabe. Ihre vollen Formen traten jedesmal hervor, wenn sie sich niederbeugte, um einen Fleck wegzukratzen, der sich dem Schrubber widersetzte. Ich erkannte sie sofort: Es war Flor Estévez. Sie richtete sich lächelnd auf und begrüßte uns mit ihrer gewohnten rauhen Herzlichkeit. Sie sagte etwas zu Abdul, woraus ich schloß, daß sie sich schon kannten. Dann wandte sie sich mir zu und sagte: »Wir sind fast fertig. Wenn dieses Schiff aus dem Hafen ausläuft, wird es den Neid aller erregen. In der Kajüte gibt es Kaffee, und jemand erwartet euch dort.« Ihre Bluse war aufgeknöpft, und ihre Brüste waren fast vollkommen sichtbar, braun und üppig. Mit einem gewissen Bedauern verließ ich das Deck und folgte Bashur in die Kajüte. Als wir eintraten, sah ich den Kapitän neben dem Schreibtisch stehen, wo sich Karten und Papier unordentlich stapelten. Er hielt die Pfeife in der Hand und begrüßte uns mit einem kurzen, kräftigen, sportlich wirkenden Handschlag. »Nun gut«, bemerkte er, während er sich mit der Hand, die die Pfeife hielt, den Bart kratzte, »hier bin ich wieder. Das, was auf dem Flußschiff geschah, war nur ein Versuch. Er ist gescheitert. Wir haben hier sehr hart gearbeitet, entweder, um das Schiff zu verkaufen oder um es selbst zu fahren. Jedenfalls war der Kauf des Schiffes ein glänzendes Geschäft. Die Frau meint, wir sollten es für uns behalten. Ich sagte ihr, daß ich eure Meinung dazu abwarten würde. Im übrigen, Seefahrer, wartet sie schon sehnsüchtig auf Sie. Sie brachte die Sachen, die Sie im Páramo ließen, hierher und war sich nicht sicher, ob etwas fehlt.« Ich erklärte ihm, daß wir sie schon gesehen hatten. »Nun denn«, fuhr er fort, »ich möchte, daß Sie alles begutachten.« Wir gingen hinaus. Es begann sehr schnell zu dunkeln. Der Kapitän lief voraus, um uns den Weg zu zeigen. Jedesmal wenn er sich umwandte, konnte ich sehen, daß sich sein Gesicht veränderte, daß ein trauriger, hilfloser Ausdruck sich mehr und mehr in seine Züge eingrub. Als wir in den Maschinenraum gelangten, sah ich, daß er leicht humpelte. Da war mir plötzlich klar, daß wir nicht mehr ihm folgten, sondern einem anderen. Und tatsächlich, als er innehielt, um uns den Heizkessel zu zeigen, stand vor uns ein besiegter, unbedarfter Greis, der einige Worte stammelte und unzusammenhängende Erklärungen von sich gab, die nichts mit dem zu tun hatten, worauf seine zittrigen und schmutzigen Finger zeigten. Abdul war nicht mehr bei mir. Ein eisiger Wind wehte durch die Luke und wiegte das Schiff auf und ab, das auf einmal gar nicht mehr so stabil und mächtig wirkte. Der Greis entfernte sich in Richtung einer Treppe, die in die Tiefen des Kielraumes führte. Ich blieb vor dem Durcheinander von Werkzeugen, Pleuelstangen und Ventilen stehen, die schon lange nicht mehr in Gebrauch sein mußten. Ich dachte an Flor Estévez. Wo war sie bloß. Ich konnte mir nicht vorstellen, daß sie etwas mit dieser Trostlosigkeit zu tun haben könnte, die mich umgab. Ich rannte an Deck, und in der Eile, sie zu finden, stolperte ich über eine Treppenstufe, die unter meinen Schritten nachgab, so daß ich in einen Abgrund fiel.

Ich erwachte schweißgebadet und spürte einen bitteren Geschmack auf der Zunge, als hätte ich eine faulige Frucht gekaut. Die Strömung des Flusses wird unbeständiger und nimmt zu. Eine Brise von den Bergen kündigt an, daß wir nun in gänzlich andere Gegenden kommen als die, die wir bisher durchquert haben. Der Lotse, den Blick auf die Kordilleren gerichtet, kocht eine fad riechende Mischung aus Bohnen und Yuca[16]. Sie erinnert mich sofort an den Urwald mit seinem sumpfigen und zermürbenden Klima.

19. Juni

Heute führte ich ein Gespräch mit dem Lotsen, das mir, wenn auch nur bruchstückhaft, half, das Rätsel der Sägewerke zu lösen. Am Morgen brachte er mir Kaffee und einen Teller mit den unvermeidlichen gebratenen Plátanos. Er blieb und wartete, bis ich das Frühstück beendigt hatte, weil er mir offensichtlich etwas mitteilen wollte.

»Nun, wir sind wohl bald da, nicht wahr?« bemerkte ich, in der Absicht, ihm das Stichwort zu liefern, das er vielleicht brauchte, um loszuwerden, was ihm auf der Zunge lag, was er sich aber nicht zu sagen traute aus jener Distanz, in die sich alte Menschen oft flüchten aus Angst, beleidigt oder nicht beachtet zu werden.

»Ja, Señor, es dauert nur noch ein paar Tage. Sie sind noch nie dort gewesen, oder?« In seiner Frage schwang ein bißchen Neugierde mit.

»Nein, noch nie. Aber sagen Sie mir, was gibt es dort in den Sägewerken eigentlich?«

»Die Maschinen sind von einigen Herren installiert worden, die aus Finnland kamen. Es handelt sich um drei Sägewerke, die mehrere Kilometer voneinander entfernt liegen. Das Militär hat sie unter Kontrolle, aber die Ingenieure sind schon seit einigen Jahren fort.«

»Und welches Holz wollte man dort verarbeiten? Hier in der Gegend sehe ich nicht genügend Wald, um die drei Anlagen zu versorgen, von denen Sie mir erzählen.«

»Ich glaube, daß es am Fuß der Kordilleren wirklich gutes Holz gibt. Das hörte ich jedenfalls einmal jemanden sagen. Aber es scheint, daß man es nicht zum Sägewerk bringen kann.«

»Warum nicht?«

»Ich weiß nicht, Señor. Ich könnte es Ihnen wirklich nicht sagen.«

Er verbarg irgend etwas. Ich sah einen Anflug von Angst über sein Gesicht gleiten. Die Worte kamen ihm nicht mehr so leicht und spontan über die Lippen. Seine Gesprächslust hatte sich erschöpft, und er glaubte, genug gesagt zu haben.

»Aber wer weiß denn darüber Bescheid? Vielleicht kann mich das Militär darüber informieren, wenn wir dort sind. Meinen Sie nicht?« Ich hatte keine große Hoffnung, mehr aus ihm herauszubekommen.

»Nein, Señor, auf keinen Fall das Militär. Sie mögen nicht über das Thema ausgefragt werden, und ich glaube auch nicht, daß sie mehr wissen als wir«, antwortete er, während er die Tasse und den leeren Teller abräumte und dabei war, sich zurückzuziehen.

»Und wenn ich mit dem Major spreche?« Ich hatte einen heiklen Punkt getroffen. Der Alte blieb stehen und wagte es nicht, meinem Blick zu begegnen. »Notfalls werde ich mit ihm sprechen. Er wird mir sicher erzählen, was ich wissen will. Meinen Sie nicht?«

Er ging mit langsamen Schritten auf den Bug zu, und während sein Blick in die Ferne schweifte, murmelte er vor sich hin: »Ihnen sagt er vielleicht etwas. Uns hier verrät er nichts, und er mag nicht, wenn wir uns in diese Angelegenheiten einmischen. Sprechen Sie ruhig mit ihm. Das ist Ihre Sache. Sie scheinen gute Karten bei ihm zu haben.« Während er diese Worte murmelte, zuckte er angesichts des Unvermeidbaren und der Torheit der anderen resigniert die Achseln nach Art der alten Leute, die bei ihm besonders ausgeprägt schien. Ich erinnerte mich, wie er sich verhalten hatte, als wir die Leiche des Kapitäns herunterholten und später beim Begräbnis. Er hatte sich nicht an den zerstörerischen Spielen der Menschen beteiligen wollen. Er hatte schon so viel erlebt, daß ihm der Wahnwitz der Menschheit nicht nur unerträglich vorkommen mußte, sondern gänzlich fremd.

Was der Lotse mir erzählt hatte, war keine großartige Neuigkeit. Wenn ich alle Anzeichen zusammenfasse, so wird mir immer klarer, daß jenes Geschäft, das mir damals der Lastwagenfahrer in Páramo und später die Leute, denen ich im Urwald begegnete, beschrieben, eine Fata Morgana ist, die aus Bruchstücken von Gerüchten zusammenkonstruiert wurde: vage Luftschlösser von Reichtümern, die zum Greifen nahe sind, und von Glückstreffern, die in Wirklichkeit niemandem je gelungen sind. Und ich bin zweifellos das geeignetste Opfer, in eine solche Falle zu tappen, da ich mein Leben lang diese Art Abenteuer eingegangen bin, an deren Ende immer die gleiche Enttäuschung stand. Und dennoch tröste ich mich immer wieder mit dem Gedanken, daß der Gewinn im Abenteuer selbst liegt und daß man keine andere Genugtuung suchen sollte als die, die verschiedensten Wege auf Erden auszuprobieren, die sich allerdings am Ende alle verdammt ähnlich sehen. Und trotzdem lohnt es sich, die Welt zu durchstreifen, um die Langeweile und den eigenen Tod zu vertreiben, jenen, der nur uns gehört und der darauf wartet, daß wir ihm ins Gesicht sehen und ihn annehmen.

21. Juni

Wachsende Mutlosigkeit und Mangel an Interesse, nicht nur, was die Sägewerke betrifft, sondern auch in bezug auf die Reise selbst, ihre Ereignisse, Zwischenfälle und Offenbarungen. Die Landschaft entspricht meiner Stimmung: eine fast zwerghafte Vegetation in leuchtendem Grün und ein starker Duft nach Pollen, der auf der Haut zu kleben scheint; gedämpftes Licht, das durch den feinen Nebel dringt und die Entfernungen zwischen den Gegenständen und deren Dimensionen verzerrt. Während der ganzen Nacht fällt ein beharrlicher Nieselregen, der das Segeltuch durchnäßt und in lauwarmen Tropfen, mehr Pflanzensaft als Regenwasser, auf die Haut niederfällt. Miguel schimpft ununterbrochen wegen der Schwierigkeiten, die ihm der Motor bereitet. Ich habe ihn bisher nie klagen gehört, nicht einmal, als wir gegen die Stromschnellen ankämpfen mußten. Er vermißt offensichtlich den Urwald, und diese Gegend erzeugt in ihm eine Abneigung, die seine Laune verschlechtert und sein Verständnis für die Maschine beeinträchtigt. Es ist, als stünde er plötzlich verlassen da und der Motor entpuppe sich als eine fremde, feindliche Macht. Der Lotse starrt immer noch auf die Kordilleren. Ab und zu schüttelt er den Kopf, als versuche er, einen verwirrenden Gedanken loszuwerden.

Ich bin nicht in der geeignetsten Gemütsverfassung, um diese Notizen hier fortzusetzen. Ich kenne mich zu gut, um nicht zu wissen, daß ich auf einem abschüssigen Weg ohne jeglichen Halt enden könnte. In der Einsamkeit dieser Gegend läuft man Gefahr, daß einem selbst die belanglosesten Beweggründe zum Weiterleben abhanden kommen. Mit dem Licht des Nachmittags kam der Regen. Der Nebel löste sich auf, und die Dinge um uns gewannen einen Augenblick lang eine solche Klarheit, als wäre die Welt soeben neu erschaffen worden. Der Lotse machte mir vom Bug aus Zeichen, um mir dort gegenüber, am Fuße des steilen Bergmassivs, einen metallischen Widerschein zu zeigen, der mit den letzten Strahlen der Sonne einen goldenen Schimmer annahm, der an die Zwiebeltürme der kleinen Kirchen entlang der dalmatinischen Küste erinnerte. »Da sind sie. Wenn alles gutgeht, kommen wir morgen in der Nacht dort an«, erklärte er mir mit seiner erschöpften und tonlosen Stimme, die wie aus einer Bauchrednerpuppe zu mir herauftönte. Ich spürte plötzlich den Wunsch in mir hochsteigen, diese Reise möge sich unendlich fortsetzen und damit den Augenblick hinauszögern, wo ich den lästigen Anblick dieser ungeheuren Bauwerke ertragen müßte. Als die Nacht heraufzog, begleitet vom Zirpen der Grillen und Kreischen der Papageienschwärme, die in den Ausläufern des Gebirges ihre nächtliche Zuflucht suchen, erlosch auch der Glanz.

Ich schrieb einen Brief an Flor Estévez, nur, um sie in

meiner Nähe zu spüren und sie an der verrückten Geschichte dieser Reise teilnehmen zu lassen. Ich hoffe, ihr den Brief eines Tages geben zu können. Vorerst gibt die Erleichterung, die mir das Schreiben der Zeilen bereitet, eine Möglichkeit, das allmähliche Abgleiten ins Nichts zu verhindern, das immer stärker wird und mir leider vertrauter ist, wenn ich mir vorstelle, was hinter mir liegt und keine sichtbaren Spuren hinterließ.

»Flor, verehrte Frau:

Wenn Gottes Wege unergründlich sind, so sind es meine, die auf dieser Erde zu gehen ich auf mich nehme, nicht minder. Ich befinde mich hier wenige Stunden von den ›berühmten‹ Sägewerken entfernt, von denen uns der Fahrer, der mit Vieh aus den Llanos vorbeikam, berichtete, und ich weiß jetzt nicht mehr darüber als in jener Nacht, die wir bei Vertraulichkeiten und Rum im ›Schnee des Admirals‹ verbrachten, wo ich, nebenbei, jetzt viel lieber wäre als hier. Nach den vielen, ungenauen Informationen, die ich im Laufe der Fahrt den Xurandó hinauf sammelte, nehme ich wohl zu Recht an, daß sich diese Angelegenheit in Nichts auflösen wird. Der Xurandó ist ein Fluß mit mehr Grillen, Tücken und Launen, als Du es Dir dort im Gebirge ausmalen kannst, wenn sich der Páramo verhängt und es Tag und Nacht regnet und selbst alle Decken durchweicht zu sein scheinen. Neulich nachts träumte ich von Dir. Leider ist dies nicht der Ort, Dir den Inhalt des Traumes zu erzählen, da ich Dir erstmal einige Personen des Traumes, die Du nicht kennst, vorstellen müßte, und das würde viele Seiten in Anspruch nehmen. Ich schreibe hier, so oft ich kann, auf Papier merkwürdigster Qualität und Herkunft ein Tagebuch, in dem ich von meinen Träumen bis zu den Zwischenfällen auf der Reise, von Charakter und Gestalt der Mitreisenden, bis zu der Landschaft, die vor uns vorüberzieht, alles festhalte. Aber, um auf den Traum zurückzukommen, so sollte ich Dir vielleicht doch verraten, daß mir in ihm, oder besser gesagt durch ihn, die täglich wachsende Bedeutung bewußt wurde, die Du für mich hast, wie Du mit Deiner Zärtlichkeit und Deinem nicht immer sanften Charakter das Unglück und die Trauer meiner Tage mitbestimmst, in die ich mich flüchte, wenn ich von Abenteuern und Überraschungen genug habe. So wie die Dinge liegen, ist Dir das sicher nicht neu. Deine hellseherischen und geheimnisvollen Gaben kenne ich. Deshalb halte ich mich nicht damit auf, Dir Einzelheiten darüber zu erzählen, wie mir in dieser Hängematte Dein erregter Körper und Dein Liebesschrei fehlen, den Du ausstößt, als würde Dich ein Wirbelsturm verschlingen. Das sind Dinge, die man besser nicht schreiben sollte, weil sie schon in der bloßen Erinnerung erstarren und so verzerrt werden, daß es sich nicht lohnt, sie in Worten festzuhalten. Ich weiß nicht, wie sich hier alles entwickeln wird. Soviel steht fest, ich sehe die Kordilleren, und ihre Düfte und Stimmen dringen zu mir. Ich tue nichts anderes, als an jene Orte zu denken, wo – das sehe ich inzwischen ganz klar – endgültig mein eigentlicher Platz auf Erden ist. Ich verwahre hier Dein Geld, und ich vermute, daß ich es unangetastet zurückbringen werde, was auch mein fester Vorsatz ist. Ich dachte daran, Dir etwas über den Urwald zu erzählen, über die Menschen, die hier leben, aber ich glaube, es ist besser, wenn Du das aus meinem Tagebuch erfährst, falls ich es zusammen mit seinem Verfasser in gutem Zustand zurückzubringen vermag. Zweimal begegnete ich dem Tod, jedesmal in einer anderen Gestalt. Er betete seine Psalmen so nahe bei mir, daß ich glaubte, nie wieder zu erwachen. Das Seltsame ist nur, daß mich diese Erfahrung nicht veränderte, sondern mir allenfalls bewies, daß dieser Herr mich schon seit langem beobachtet und meine Schritte zählt.

Der Kapitän, über den wir uns hoffentlich bald ausführlich unterhalten werden, sagte mir, daß ich unsterblich sei, solange ich lebe, ungeachtet dessen, daß ich eines Tages, wie vorauszusehen ist, sterben werde. Nein, das habe ich nicht richtig formuliert. Er drückte es natürlich besser aus, aber das war ungefähr sein Gedanke. Was mich daran interessiert, ist die Tatsache, daß ich ähnliches schon gedacht habe, aber in bezug auf Dich. Denn ich glaube, daß Du, seit es den ›Schnee des Admirals‹ gibt, die Landschaft um Dich herum geprägt, erschaffen und gewebt hast. Oft wußte ich, daß Du mit dem Nebel sprichst, ihn vertreibst, und jene riesigen Moosflechten webst, die von den Cámbulobäumen herabhängen, daß Du den Lauf der Kaskaden bestimmst, die aus der Tiefe der Felsen zu entspringen scheinen und zwischen Schlingpflanzen und Moosen der erstaunlichsten Farben herabströmen – Farben von einem kräftigen Kupferton bis zu dem sanften Grün, das leuchtet, als besäße es sein eigenes Licht. Da wir trotz der langen Zeit, die wir schon zusammen verbrachten, noch kaum miteinander gesprochen haben, mag Dich das alles überraschen und war doch in Wirklichkeit nur der einzige Grund dafür unter dem Vorwand, mein Bein auszuheilen, bei Dir im Laden bleiben zu können. In der Tat ist mein Bein stellenweise gefühllos geblieben, auch wenn ich damit problemlos gehen kann. Ich habe kein großes Talent, jemandem wie Dir zu schreiben, die ich so tief in meinem Herzen trage und die so viel Macht über die versteckten Winkel und Labyrinthe dieser Seefahrerseele hat, daß ich wohl, falls ich Dich früher kennengelernt hätte, nicht so weit herumgeirrt wäre und nicht so viel von der Welt gesehen hätte, was mir wenig genützt und noch weniger Weisheit eingebracht hat. Man lernt mehr an der Seite einer Frau, wie Du es bist, als wenn man Weg um Weg geht und sich an Menschen bindet, die einem am Ende nur die traurige Spur ihrer Verwirrungen und kleinen Miseren ihrer verfehlten Ziele hinterlassen, das ganze Ausmaß ihrer lächerlichen Gier. Nun, der Grund für diese Zeilen war einzig der, eine Weile mit Dir zu sprechen, um meine Sehnsucht zu stillen und Hoffnung zu schöpfen. Für diesmal sei es genug, und ich sage Dir ›bis bald‹, wenn wir uns im ›Schnee des Admirals‹ wiedersehen und einen Kaffee auf der Terrasse gegenüber trinken, während wir zuschauen, wie der Nebel aufsteigt, und auf die Geräusche der Lastwagen achten, die mit keuchendem Motor den Berg hinauffahren, und deren Besitzer wir an der Art, wie sie die Gänge schalten, erkennen können. Nein, das ist keineswegs alles, was ich Dir sagen wollte. Ich habe noch nicht einmal begonnen, Dir das Wichtigste zu sagen. Aber das macht eigentlich nichts. Bei Dir ist es nicht so wichtig, die Dinge auszusprechen, weil Du schon alles im voraus weißt, schon seit ewigen Zeiten. Tausend Küsse und die ganze Sehnsucht dessen, der Dich sehr vermißt.«

23. Juni

Bei Sonnenuntergang erreichten wir das erste Sägewerk. Was wir uns direkt gegenüber sahen, lag weiter entfernt, als wir dachten. Der Xurandó beschreibt auf dieser Strecke eine Reihe von weiten Flußschleifen, die jenes glänzende Aluminium- und Glasgerüst abwechselnd entfernen und näher bringen, bis es sich in eine Fata Morgana verwandelt. Ein Eindruck, der sich noch dadurch verstärkt, daß man eine solche Architektur in diesem Klima und an solch einem Ort nicht vermutet. Wir legten an einer kleinen Mole an, die mit gelben Stricken und tadellos erhaltenen Planken aus hellem Holz gesichert ist. Die Mole erinnerte mich an einen Ort an der Ostsee. Wir gingen an Land und näherten uns einem Gebäude, das von einem Maschendrahtzaun von mehr als zwei Metern Höhe zwischen marineblauen, zehn Meter voneinander entfernt stehenden Metallpfosten eingefriedet war. Wir warteten eine Zeitlang an der Pförtnerloge. Schließlich trat ein Soldat aus dem Hauptgebäude und ordnete seine Kleider, als hätte er gerade geschlafen. Er teilte uns mit, daß sich die restliche Truppe auf der Jagd befände und erst morgen früh zurückkehren würde. Als ich ihn – von Neugierde getrieben – fragte, was sie dort jagten, schaute der Soldat mich mit jenem verdutzten Blick an, der für die Militärs so typisch ist, wenn sie vor Zivilisten etwas zu verbergen haben und sich dann zu lügen entschließen, etwas, das sie ihren Vorgesetzten gegenüber niemals wagen würden. »Weiß ich nicht. Bin noch nie dabeigewesen. Beutelratten oder irgend so etwas«, antwortete er, während er uns den Rücken zuwandte und sich in Richtung des Gebäudes entfernte.

Wir kehrten zu unserem Schiff zurück, um etwas zu essen, ein wenig zu schlafen und es am nächsten Morgen erneut zu versuchen. Noch einmal erstrahlte der Metallbau unter den letzten Lichtstrahlen des Nachmittags in einer goldenen Aureole, die ihm ein unwirkliches Aussehen verlieh, so als würde er in der Luft schweben. Er besteht aus einem riesigen Hangar, ähnlich einer Halle für Zeppeline. Daneben steht ein kleines Gebäude, offensichtlich ein Lager, sowie eine Gruppe aus drei nebeneinander gebauten Baracken mit jeweils vier Zimmern, die wohl diejenigen beherbergen, die diesen Ort bewachen.

Die Halle ist eine Aluminiumkonstruktion mit großen Fenstern an den Seiten und der Vorderwand und einer Kuppel, über der ein großes Sonnendach aus getöntem Glas angebracht ist, um die starke Einstrahlung zu mildern. Ich erinnere mich, ähnliche Konstruktionen nicht nur am Rande des Bodensees und an den Küsten der Nordsee oder der Ostsee gesehen zu haben, sondern auch in einigen Häfen in Louisiana und British Columbia, wo das Holz schon in Brettern geschichtet bereitsteht, um verladen und in die entferntesten Orte der Welt befördert zu werden. Daß ein extravaganter Bau wie dieser an den Ufern des Xurandó, am Rande des Urwalds, steht, wirkt noch aufregender, weil er in untadeligem Zustand ist. Jeder Quadratzentimeter des Metalls und des Fensterglases glänzt, als wäre das Ganze erst vor wenigen Stunden eingeweiht worden. Plötzlich meldete ein lautes Knattern den Start eines Generators. Der ganze Bau leuchtete in einem neonähnlichen Licht, das aber viel zarter und weicher war. Es reichte nicht aus, um die umliegende Gegend auszuleuchten, und deshalb hatten wir es aus der Ferne nicht sehen können. Der Eindruck der Unwirklichkeit und das unerträglich alptraumhafte dieser Erscheinung inmitten der tropischen Nacht ließen mich kaum schlafen und suchten auch meine von Unterbrechungen gestörten Träume heim, so daß ich jedesmal schweißgebadet und mit wild klopfendem Herzen erwachte. Ich ahnte, daß ich niemals auch nur die geringste Möglichkeit haben würde, mit denen in Kontakt zu kommen, die in diesem unbegreiflichen Bauwerk lebten. Eine dumpfe Übelkeit bemächtigte sich allmählich meiner, so daß ich beschloß, mich mit dem Schreiben dieses Tagebuchs abzulenken, um – eingelullt vom Summen seines Generators – nicht ständig auf jenes Aluminium- und Glaswunder schauen zu müssen, das vor mir im Licht eines Leichenschauhauses schwebt.

Jetzt begreife ich die Zurückhaltung und die Ausflüchte des Kapitäns, des Majors und der anderen, als ich beharrlich wissen wollte, was es mit den Sägewerken wirklich auf sich hat. Es hatte keinen Sinn. Die Wahrheit läßt sich in diesem Fall unmöglich weitergeben. »Sie werden selbst sehen«, hatten die meisten schließlich gesagt und genauere Auskünfte vermieden. Sie hatten recht.

Hier nun gerät der Seefahrer, Fährtenleser, in einen ungewöhnlichen und unfruchtbaren Zustand des Staunens. Das ist nicht zu ändern. So wird es immer sein.

24. Juni

Heute morgen ging ich erneut zur Pförtnerloge. Einer der Wachtposten hörte meine Bitte, mit jemandem sprechen zu dürfen, und schloß wortlos das Schalterfenster. Ich sah, daß er telefonierte. Er öffnete erneut das Fenster und sagte: »Wir dürfen hier keine Fremden empfangen. Guten Tag!« Er war im Begriff, das Fenster wieder zu schließen, so daß ich mich beeilte, ihn zu fragen: »Und der Ingenieur? Ich möchte nicht mit einem der Wachtposten sprechen, sondern mit ihm. Es geht um den Verkauf von Holz. Ich würde dem Ingenieur gerne die Gründe meiner Reise hierher erklären, sei es auch nur per Telefon.« Er betrachtete mich einen Augenblick lang mit einem neutralen, ausdruckslosen Blick, so als hätte er meine Worte aus einem fernen Lautsprecher vernommen. Mit einer ebenfalls tonlosen und matten Stimme erklärte er mir: »Hier gibt es schon seit langer Zeit keinen Ingenieur mehr. Es gibt nur die Truppe und zwei Unteroffiziere. Wir haben Anweisungen, mit niemandem hier zu sprechen. Ihr Drängen ist vergeblich.« Das Telefon klingelte stürmisch. Der Mann schloß das Fenster und ging den Hörer abnehmen. Mit gespannter Miene hörte er zu und nickte schließlich mit dem Kopf, als hätte er einen Befehl erhalten. Durch einen winzigen Spalt, von dem er das Schalterfenster geöffnet hatte, sagte er zu mir: »Sie müssen den Planchón bis morgen mittag zurückgezogen haben, und geben Sie es auf, jemanden sprechen zu wollen. Kommen Sie nicht wieder zur Pförtnerloge zurück, denn ich darf nicht mehr mit Ihnen sprechen.« Er schob die Scheibe mit einem harten Schlag zu und begann, einige Papiere durchzusehen, die auf seinem Schreibtisch lagen. Er schien mir in eine andere Welt versunken zu sein, als hätte er sich sehr tief in die Gewässer eines Ozeans begeben, der mir fremd und feindselig ist.

Ich kehrte zum Schiff zurück und unterhielt mich eine Weile mit dem Lotsen. »Das hatte ich schon befürchtet«, bemerkte er. »Ich habe nie versucht, mit ihnen zu sprechen oder mich der Pforte zu nähern. Die Truppe gehört zu keiner Militärbasis der Umgebung. Man löst sie in bestimmten Zeiträumen ab. Sie kommen vom Rande der Kordilleren und brechen immer wieder dorthin auf, wo sie den Berg abholzen. Mal sehen, was wir nun machen. Morgen mittag müssen wir hier verschwunden sein. Ich glaube nicht, daß es sich lohnt, auf der Sache zu bestehen.« Ich schlug vor, die anderen Sägewerke aufzusuchen, die weiter oben liegen. »Es ist sinnlos, das zu versuchen. Dort sieht es auch nicht anders aus. Außerdem sind wir knapp mit Diesel. Wir werden mit halber Kraft fahren müssen und uns auf die Strömung verlassen. Wenn wir keinen in den Ranchosiedlungen finden, müssen wir hoffen, daß er bis zur Militärbasis ausreicht.« Ich legte mich in die Hängematte, ohne das Gespräch fortzusetzen. Eine unbestimmte Enttäuschung überkam mich, ein dumpfer Ärger selbst über die Kette von Verzögerungen, Nachlässigkeiten und Fehlentscheidungen, die mich hierher brachten und die ich so einfach hätte vermeiden können, wenn ich eine andere Wesensart hätte. Wir werden also wieder flußabwärts fahren. In unüberwindlicher Lustlosigkeit lag ich da, während ich die Wut zu verdauen suchte, die sich auf alle und alles auszubreiten begann. Und das Bewußtsein, daß diese Wut sinnlos war, steigerte sie noch. In der Nacht, als ich schon ruhiger und resignierter war, zündete ich die Lampe an, um ein wenig zu schreiben. Das Licht wie im Operationssaal, in das das gesamte Gebäude getaucht ist, sein Aluminium- und Glasskelett und das Surren des Generators werden mir immer unerträglicher, so daß ich beschlossen habe, noch morgen aufzubrechen und die überwältigende Gegenwart dieser Anlage hinter mir zu lassen.

25. Juni

Bei Tagesanbruch legten wir ab. Als wir das Boot von der Mole lösten und uns von der Strömung in die Mitte des Flusses gleiten ließen, ertönte eine Sirene, die vom Gebäude her gedämpft aufheulte. In der Ferne antwortete eine andere und dann noch eine, noch weiter entfernt. Die Sägewerke informierten sich über die Abfahrt der Eindringlinge. Herablassende Warnung und düstere Schwermut lagen in diesen Signalen, die uns noch einen guten Teil des Tages in schweigsamer und niedergeschlagener Stimmung hielten. Wir kamen mit einer Geschwindigkeit voran, die ich zunächst als Abwechslung erfreut begrüßte. Aber plötzlich dachte ich an das ›Vorübergehen des Engels‹. Ein Schauer lief mir über den Rücken. Flußabwärts zu fahren war sicher leichter. Doch ich fühlte, daß ich nicht noch einmal den Mut aufbringen würde, das Getöse des Wassers, den dröhnenden Lärm, die Wirbelströme, die überwältigende Kraft überschäumender Energie zu ertragen. Nach Mittag kamen wir an eine ruhige Stelle des Flusses, die den Xurandó in einen See verwandelte, deren Ufer sich überallhin verloren, wo auch immer wir hinschauten. Ich war gerade dabei einzuschlafen, in eine Siesta zu fallen, von der ich mir die erholsame Wirkung versprach, die jüngste Erfahrung mit der feindseligen Welt der Sägewerke zu vergessen, als sich uns von ferne ein Surren näherte. Ich war zwischen Schlaf und Neugierde hin und her gerissen, und als der

Schlaf die Oberhand gewann, hörte ich eine Stimme, die mich rief: »Seefahrer! Maqroll! Seefahrer!« Ich erwachte. Die Junkers von der Militärbasis glitt an unsere Seite. Der Major stand auf den Schwimmern und streckte die Hand nach dem Tau aus, das ihm der Lotse hinüberwarf. Er packte es beim zweiten Versuch und zog das Wasserflugzeug langsam an das Schiff heran. »Fahren wir ans Ufer!« befahl er, während er mit seiner freien Hand eine Willkommensgeste andeutete. Ich fand ihn abgemagert, auch der Schnurrbart war nicht mehr so untadelig und makellos. Wir legten an und befestigten die Junkers am Bug. Der Major sprang mit einer fast katzenhaften Gelenkigkeit an Deck. Wir gaben uns die Hand und setzten uns dann in die Hängematten. Er fragte gar nicht erst nach dem Verlauf der Reise, sondern kam gleich zur Sache: »Eine Streifenwache fand das Grab des Kapitäns. Ich war vorige Woche dort. Irgendein Tier hatte versucht, ihn auszugraben. Ich gab Anweisungen, ihn tiefer zu begraben, und wir füllten die Grube mit Geröll auf. Man darf die Toten nicht so im Urwald begraben. Innerhalb weniger Tage graben die Tiere sie wieder aus. Sie fahren schon wieder flußabwärts? Ich kann mir vorstellen, wie es Ihnen ergangen ist. Es wäre umsonst gewesen, Sie zu warnen. Niemand glaubt es, wenn man es erklärt. Und was werden Sie jetzt tun?«

»Ich weiß nicht«, antwortete ich. »Ich habe nicht viele Pläne. Ich habe vor, so bald wie möglich ins Gebirge zu gehen, aber ich weiß nicht, ob auf dieser Seite ein Weg dorthin führt. Aber ich gehe nicht fort, bevor ich weiß, was es mit den Leuten in den Sägewerken auf sich hat. Man sagt, daß die Maschinen in perfektem Zustand sind. Ich werde nie wieder hierherkommen. Warum erzählen

Sie mir nicht etwas davon?« Er betrachtete seine Hände, während er die Blätter und die Erde abschüttelte, die das Tau an ihnen hinterlassen hatte. »Gut, Seefahrer«, fing er an und lächelte ein wenig. »Ich werde dir erzählen. Zunächst einmal: Es ist nichts Geheimnisvolles daran. In drei Jahren fallen diese Anlagen an die Regierung zurück. Jemand ganz oben dort ist an ihnen interessiert. Es muß jemand ziemlich Einflußreiches sein, denn er bewirkte, daß die Sägewerke von der Marineinfanterie bewacht und unterhalten werden. Sie sind in der Tat vollkommen intakt. Sie konnten allerdings nie produzieren, weil es dort oben« – er wies auf die Ausläufer der Gebirgskette – »bewaffnete Auseinandersetzungen gibt. Wer steht dahinter? Man braucht sich darüber den Kopf nicht zu zerbrechen. Wenn das Datum der Übergabe heranrückt und die Sägewerke wieder der Regierung gehören, ist es gut möglich, daß die Guerilla wie durch Zauberwerk plötzlich verschwindet. Haben Sie mich verstanden? Es ist ganz einfach. Es gibt immer jemanden, der schlauer ist als man selbst.« Erneut nahm ich an ihm diesen halb belustigten, halb väterlichen Tonfall wahr, der unbefangen und allem entrückt klang. Noch bevor ich zu meiner Frage komme, nimmt er sie vorweg: »Warum ich Sie nicht warnte? Nun ja, man ist doch erwachsen, oder? Ich deutete es Ihnen, soweit ich durfte, an. Jetzt, wo Sie gehen und sicherlich nie zurückkehren, kann ich Ihnen alles erzählen. Gut, daß Sie rechtzeitig abgefahren sind. Diese Leute behandeln einen nicht mit Samthandschuhen. Sie sagen die Dinge nur einmal. Dann fangen sie an zu schießen.«

Ich brachte meine Dankbarkeit zum Ausdruck, daß er mich gewarnt hatte, soweit die Vorsicht es zuließ, und entschuldigte mich für meine Sturheit, weitergefragt zu haben. »Aber bitte«, sagte er, »das ist doch verständlich, es geschieht ja immer wieder das gleiche. Das Geschäft ist verlockend und keineswegs unsinnig. Nur, was ich Ihnen schon sagte: Es gibt immer einen Schlaueren. Einfach immer. Zum Glück nehmen Sie es mit einer gewissen Gelassenheit. Das ist auch das einzig Vernünftige. Nun, ich werde Ihnen jetzt folgendes vorschlagen: Wenn Sie in den Páramo wollen, kann ich Ihnen vielleicht helfen. Morgen, wenn Sie wollen, fliegen wir zur ›Laguna del Sordo‹. Sie liegt mitten in den Kordilleren. In der Nähe liegt ein Dorf, von dem aus Lastwagen in den Páramo fahren. Einigen Sie sich mit Miguel, und morgen früh bei Tagesanbruch komme ich vorbei. In einer Flugstunde können wir dort sein. Was halten Sie davon?«

»Ich weiß nicht, wie ich Ihnen für diesen großen Gefallen danken soll«, antwortete ich ganz gerührt von seiner Fürsorglichkeit. »Ich bin tatsächlich nicht in der Lage, in den Urwald zurückzukehren, und schon gar nicht, nochmals durch die Stromschnellen zu fahren. Ich werde Miguel bezahlen und erwarte Sie morgen. Nochmals vielen Dank, und ich hoffe, daß es Ihnen keine Unannehmlichkeiten bereitet.«

»Ich sagte es Ihnen ja schon, als wir zum ersten Mal miteinander sprachen. Sie sind nicht für dieses Stück Erde geschaffen. Nein, nein, das macht mir überhaupt keine Mühe. Wer befiehlt, herrscht. Man muß nur wissen, wie weit man gehen kann, und das habe ich schon gelernt, seit ich Leutnant war. Es ist das einzige, was man wissen muß, wenn man Tressen am Ärmel trägt. Also, bis morgen. Ich gehe, denn ich habe nur wenig Zeit, zur Militärbasis zurückzukehren.«

Er gab mir die Hand, rief den Lotsen mit einem Pfiff herbei und sprang aufs Flugzeug. Er sagte etwas zu dem Piloten und lächelte mir mit einer eher schelmenhaften als herzlichen Miene zu.

Das wird meine letzte Nacht hier sein. Ich muß gestehen, daß ich eine unsagbare Erleichterung spüre. So, als hätte ich einen Likör zu mir genommen, der meine Kräfte wiederherstellt, mich der Welt und den Dingen zurückgibt, die zu mir gehören. Ich habe mit Miguel gesprochen. Er hatte nichts dagegen einzuwenden, daß wir die Rechnung sofort begleichen. Ich zahlte ihm die Fahrt und gab dem Lotsen ein gutes Trinkgeld.

Ich versuche zu schlafen. Eine Erregung, ein heftiges Herzklopfen, das mich innerlich durchfährt, rauben mir den Schlaf. Ich fühle mich, als hätte man mir einen Stein vom Herzen genommen und mich von einer ungeheuren, schmerzhaften und erdrückenden Aufgabe erlöst.

29. Juni

Ungefähr um sieben Uhr morgens landete der Major mit der Junkers. Ich packte meine Sachen zusammen und verabschiedete mich von Miguel und dem Lotsen. Dieser lächelte so, wie alte Menschen über die törichte Unbelehrbarkeit anderer lächeln, die jene Fehler wiederholen, die sie selbst gemacht und schon vergessen haben. Miguel reichte mir die Hand, ohne sie zu drücken. Sie fühlte sich wie ein lauwarmer, feuchter Fisch in meiner Hand an. In seinen Augen gewahrte ich einen fernen, schwachen Glanz, in dem die ganze Herzlichkeit lag, die er aufzubringen vermochte. In diesem Augenblick wurde mir bewußt, daß ich mich vom Urwald verabschiedete. Der Maschinist war nicht nur sein vollkommenes Abbild, sondern er war auch aus dem gleichen Stoff gemacht, eine amorphe Fortsetzung dieses todbringenden, gesichtslosen Universums. Ich stieg in die Junkers, setzte mich hinter den Piloten und den Major und legte den Sicherheitsgurt an. Wir glitten eine Weile über das Wasser und starteten dann mit den einlullenden Schwingungen des Rumpfes. Ich fiel in einen Zustand der Betäubung, bis der Major mein Knie berührte und mir die Lagune unter uns zeigte. Wir landeten sanft auf dem Wasser und gingen auf eine Landungsbrücke zu, wo uns ein Unteroffizier und zwei Soldaten erwarteten. Der Major stieg mit mir aus. Ich verabschiedete mich von dem Piloten, und erst in diesem Moment merkte ich, daß er nicht der war, den ich kannte. Diesem fehlte ein Auge, und er hatte auf der Stirn eine weiße Narbe. Der Major empfahl mich dem Unteroffizier und sagte ihm, er solle für mich eine Unterkunft in dem Dorf suchen, bis ich einen Lastwagen fände, der mich auf den Páramo brächte. Er gab mir die Hand und unterbrach mit einer etwas gezwungen wirkenden Ernsthaftigkeit meinen Versuch, ihm zu danken: »Denken Sie bitte in Zukunft über Ihre Unternehmungen nach und begeben Sie sich nicht noch einmal in eine solche Gefahr, wie Sie es taten. Es lohnt sich nicht. Ich weiß, was ich sage. Außerdem wissen Sie es selbst. Viel Glück und adieu!« Er stieg in die Kabine der Junkers, schlug mit einem Ruck die Tür zu, so daß ein Geräusch im Rumpf ertönte, das ich schon einmal gehört hatte, und dann entfernte sich das Wasserflugzeug, indem es eine Schaumspur hinterließ, die sich, je weiter sich die Maschine zwischen den tiefen Wolken der Kordilleren verlor, immer schneller auflöste.

Etwas ist hier zu Ende gegangen. Etwas Neues beginnt. Ich lernte den Urwald kennen. Er ging mich nichts an, ich nehme nichts von dort mit. Nur diese Seiten werden vielleicht ein vages Zeugnis von einer Episode ablegen, die nicht für meine Gewitztheit spricht und die ich so bald wie möglich vergessen möchte. Spätestens in einer Woche werde ich im ›Schnee des Admirals‹ sein und Flor Estévez Abenteuer schildern, die sicher kaum etwas damit zu tun haben, was in Wirklichkeit geschah. Schon habe ich das Aroma des Kaffees mit seinem anregend bitteren Geschmack auf der Zunge.

Gestern kamen ein paar Marineinfanteristen ins Dorf. Sie gehören dem abgelösten Kommando in den Sägewerken an. Sie erzählen, daß unser Boot im ›Vorübergehen des Engels‹ kenterte und die Leichen Miguels und des Lotsen nicht gefunden wurden. Anscheinend hat sie die Strömung weit flußabwärts getrieben und vielleicht an irgendein Ufer des Urwaldes gespült. Der abgetakelte, völlig zerbeulte Planchón blieb auf einer Sandbank stecken. Niemand meldete sich, um das Schiff zu bergen.

In dem Heft, das sich aus den Tagebuchblättern Maqrolls des Seefahrers zusammensetzte, lag ein undatiertes, loses Blatt mit grüner Tinte geschrieben und mit dem Briefkopf eines Hotels. Als ich es las, bemerkte ich, daß es sich auf das Tagebuch bezog, und fand es deshalb angemessen, es hier einzufügen. Sein Inhalt könnte jene interessieren, die der Erzählung des Tagebuchs gefolgt sind:

Hôtel de Flandre
Quai des Tisserands No. 9, Tel.: 3223
Antwerpen

... wie vereinbart war. Drei Tage lang fuhren wir auf einer steilen, kurvenreichen Landstraße, die gefährlich nah an einem Abgrund verlief. Als wir einen bestimmten Punkt erreicht hatten, stieg ich aus dem Lastwagen aus und mietete mir einen Esel im ›Wirtshaus zum Messer‹. Zwei Tage lang irrte ich durch den Páramo auf der Suche nach der Landstraße, die zum ›Schnee des Admirals‹ führt. Ich hatte schon alle Hoffnung verloren, als ich sie doch noch fand. Ich überließ den Esel dem Jungen, der ihn mir vermietet hatte, und setzte mich auf einen Felsen, um auf einen Lastwagen zu warten, der mich bis zu dem Paß bringen könnte. In der Tat kam zwei Stunden später ein Achttonner der Marke ›Saurer‹ angefahren, der mit asthmatischer Mühe den Steilhang hinaufkletterte. Der Fahrer war einverstanden, mich mitzunehmen: »Ich fahre bis zur Höhe«, erklärte ich ihm, während er mich beobachtete, als versuche er, sich an mich zu erinnern. Wir fuhren die ganze Nacht. Als es dämmerte, weckte mich der Mann in einem Nebel, der unsere Weiterfahrt fast verhinderte: »So, hier muß es sein. Was suchen Sie denn in dieser elenden Gegend?« – »Einen Laden, der den Namen ›Der Schnee des Admirals‹ trägt«, antwortete ich, während mir die Angst in die Magengrube schlug. »Gut«, sagte der Fahrer, »ich werde einen Augenblick anhalten. Suchen Sie nur, mal sehen, was Sie finden. Bei diesem Nebel ...« Er zündete sich eine Zigarette an. Ich drang in den Nebelkreis ein, ohne auch nur irgend etwas zu sehen. Ich orientierte mich an dem Straßengraben und erkannte bald das Haus. Das Schild, von dem sich mehrere Buchstaben gelöst hatten, baumelte im Wind, nur noch an einem Ende an einem rostigen Nagel befestigt. Alles war von innen verrammelt: Türen, Fenster und Fensterläden. Es fehlten schon viele Glasscheiben, und der ganze Bau drohte in jedem Augenblick zusammenzustürzen. Ich lief zur Hintertür. Der Balkon, der früher über den Abgrund hinausragte, war zum Teil verfallen, und die dicken hölzernen Stützbalken, die über dem Abgrund schwankten, waren von Moos überzogen und vom Kot der Papageien beschmutzt, die dort Station machten, bevor sie ins Tiefland flogen. Es begann zu nieseln, und der Nebel löste sich schlagartig auf.

Ich kehrte zum Lastwagen zurück. »Es ist nichts mehr da, Mann. Ich wußte es schon, kannte aber den Namen des Ladens nicht«, bemerkte der Fahrer in einem mitleidigen Ton, der mich ziemlich verletzte. »Fahren Sie mit mir weiter, wenn Sie wollen. Ich fahre zur Kaffeepflanzung ›La Osa‹. Man kennt Sie dort, glaube ich.« Ich nickte schweigend und setzte mich an seine Seite. Der Lastwagen fuhr den Abhang hinunter. Ein Geruch nach verbranntem Asbest verriet die unentwegte Belastung der Bremsen. Ich dachte an Flor Estévez. Es würde mir schwerfallen, mich an ihre Abwesenheit zu gewöhnen. Ich begann, einen Schmerz in meinem Inneren zu verspüren. Ein Kummer arbeitete in mir, mit dem ich lange nicht fertig werden würde.

Weitere Berichte über Maqroll, den Seefahrer

Cocora

Hier bin ich hängengeblieben mit der Betreuung dieser Mine und habe allmählich die Übersicht verloren, wie viele Jahre ich an diesem Ort verbracht habe. Es muß eine ganze Reihe von Jahren sein, denn der Weg, der zu den Bergstollen führte und am Flußufer entlang verlief, ist schon unter Stoppeln und Plátanostauden verschwunden. Mitten auf dem Weg wachsen nun einige Guavenbäume, die schon mehrfach Früchte trugen. All das müssen die Besitzer und Bergleute der Mine vergessen haben. Aber das ist kaum verwunderlich, da man nie auch nur irgendein Mineral fand, so tief man auch grub und so viele Seitenstollen man auch vom Hauptgang aus vorantrieb.

Ich, der ich ein Mann des Meeres bin, dem die Häfen nur ein vorübergehender Vorwand für flüchtige Liebschaften und Bordellschlägereien waren, ich, der in seinen Knochen noch das Hinundherwiegen des Mastkorbes spürt, auf dessen höchsten Punkt ich kletterte, um den Horizont abzusuchen, Gewitter anzukündigen und Küsten, die auftauchten, Schwärme von Walfischen und den gewaltigen Zug wandernder Fische, die sich wie ein trunkenes Volk näherten; hier bin ich geblieben, um die kühle Dunkelheit dieser Labyrinthe aufzusuchen, wo der manchmal laue, feuchte Wind Stimmen, Klagerufe und die dumpfen Geräusche nagender Insekten heranträgt oder das Kreischen eines Vogels, der sich in den Tiefen der Schächte verirrt hat.

Ich schlafe in dem sogenannten Stollen des ›Alférez‹,

der am wenigsten feucht ist und direkt in einem steilen Abgrund über den stürmischen Gewässern eines Flusses endet. In regnerischen Nächten kündigt mir mein Geruchssinn Flut an: ein sumpfiger, stechender Geruch wie von fauligen Pflanzen und von Tieren, die mit der Strömung kommen und an den Felswänden zerschlagen werden; ein Geruch von trockenem Blut, der jenem gleicht, den manche Frauen ausströmen, die das harte Tropenklima ausgezehrt hat; der Geruch einer Welt, die sich auflöst, geht der wirren Trunkenheit des Wassers voraus, das mit maßloser und reißender Tobsucht anschwillt.

Ich würde gern von einigen Dingen berichten, die ich in diesen Tagen des Müßiggangs gesehen habe, in denen ich mit den Tiefen hier vertraut und zu einem völlig anderen Menschen wurde als der, der ich in den Jahren meiner Irrfahrten auf den Meeren und Flüssen war. Vielleicht ist es die säuerliche Luft der Stollen, die meine Sinne verwandelt und geschärft hat, damit ich das geheime, ungreifbare und doch reiche Leben wahrzunehmen vermag, das in diesen verhängnisvollen Höhlen wohnt. Beginnen wir mit dem Hauptstollen. Man dringt in ihn durch eine Allee von Cámbulobäumen ein, deren orangefarbene und hartnäckige Blüten einen Teppich bilden, der sich stellenweise bis in die Tiefen des Schachtes erstreckt. Das Licht entschwindet langsam, je weiter man in den Schacht eindringt, aber es verharrt mit einer unerklärlichen Intensität auf den Blüten, die der Wind ins Innere geweht hat. Dort habe ich lange Zeit gelebt und mußte den Ort nur aus Gründen verlassen, die ich gleich erklären werde. Zu Beginn der Regenfälle hörte ich ständig Stimmen, ein undifferenziertes Gemurmel wie von Frauen, die bei einer Totenwache beten. Gelächter und gewisse verhaltene Töne, die nichts Geisterhaftes an sich hatten, brachten mich auf den Gedanken, daß es sich vielmehr um eine niederträchtige Posse handelte, die sich endlos bis in die Tiefen dieses Ortes fortsetzte. Ich nahm mir vor, die Stimmen zu enträtseln, und durch die fieberhafte Aufmerksamkeit, mit der ich ihnen tage- und nächtelang lauschte, gelang es mir schließlich, das Wort ›Viana‹ herauszuhören. Ungefähr um die Zeit wurde ich krank, offenbar war es Malaria, so daß ich auf dem Sack liegenblieb, der mir als Bett diente. Ich fieberte lange Zeit, und dank der hellseherischen Gabe, die das Fieber ungeachtet des äußeren Chaos seiner Symptome entwickelte, konnte ich ein Gespräch mit den Frauen beginnen. Ihr honigsüßes Gebaren und ihre offenkundige Falschheit lieferten mich einer dumpfen und erniedrigenden Angst aus. Eines Nachts gehorchte ich jenen geheimen Impulsen, die das Fieber hervorruft, richtete mich auf und schrie mit einer Stimme, die noch lange von den Wänden der Mine widerhallte: »Ruhe, ihr Hurentöchter! Ich war ein Freund des Prinzen von Viana, haltet das tiefste Elend in Ehren, die Krone der Verlorenen!« Eine dichte Stille, die eintrat, als das Echo auf mein Rufen verhallt war, ließ mich an den Gestaden meines Fiebers zurück. Ich wartete die ganze Nacht, schweißgebadet durch die wiederkehrende Gesundheit. Die Stille dauerte immer noch an und erstickte die sanftesten Geräusche der niedrigen Kreaturen, die das Blattwerk mit Speichel bearbeiten und am Unsichtbaren weben. Eine milchige Klarheit kündigte mir den Anbruch des Tages an, und ich lief so schnell ich konnte aus dem Stollen hinaus, in den ich nie wieder zurückgekehrt bin.

Ein anderer Schacht trägt den Namen ›del Venando‹

(des Hirsches). Er ist nicht sehr tief, aber durch irgendeinen Kunstgriff in den Entwürfen der Ingenieure herrscht dort absolute Finsternis. Nur mit Hilfe des Tastsinns konnte ich mich mit dem Ort vertraut machen, der voller Werkzeuge und fest vernagelter Kisten stand. Ihnen entströmte ein Geruch, der sich unmöglich beschreiben läßt. Er glich dem Aroma einer Gelatine, die aus den geheimsten Substanzen eines unwahrscheinlichen Metalles destilliert wurde. Aber was mich während mehrerer unendlich scheinender Tage in den Wetterschächten gebannt hielt, bis ich fast den Verstand verlor, war etwas, das sich dort ganz hinten, dort, wo der Schacht endet, an die Wand gelehnt erhebt. Etwas, das man eine Maschine nennen könnte, wenn da nicht die Unmöglichkeit wäre, auch nur eines der Teilchen, aus denen sie zu bestehen schien, zu bewegen. Metallische Teile in den verschiedensten Formen, Größen, Zylinder, Kugeln, alle zu unwiderruflicher Starre montiert, formten dieses unglaubliche Gebilde. Es war mir unmöglich, seine Begrenzung auszumachen oder die Proportionen dieses unheilvollen Baus zu ergründen, der an allen Seiten fest an dem Felsen haftete und seine polierte, stählerne Erscheinung aufrichtete, als ob er in dieser Welt das absolute Nichts darstellen wollte. Als meine Hände müde waren, nachdem sie Woche für Woche die komplizierten Verbindungen, die starren Zahnräder und eisigen Kugeln abgetastet hatten, flüchtete ich eines Tages entsetzt, als ich mich dabei ertappte, die unerklärliche Erscheinung um die Enthüllung ihres Geheimnisses, ihres letzten, wirklichen Grundes anzuflehen. Auch zu diesem Trakt der Minen bin ich nie zurückgekehrt. Doch in manchen heißen, schwülen Nächten sucht mich die stumme Erscheinung dieser Metalle heim, und dann sitze ich von Panik ergriffen senkrecht im Bett, mit klopfendem Herzen und zitternden Händen. Kein Erdbeben, kein Erdrutsch, so gigantisch er auch sein mag, wäre imstande, diese unentrinnbare Mechanik zu zerstören, die sich der Ewigkeit verschrieben hat.

Der dritte Schacht ist jener, den ich schon zu Anfang erwähnte. Dort lebe ich jetzt. Es herrscht ein friedvolles Halbdunkel, das bis in die Tiefen des Tunnels reicht, und das Schlagen des Flußwassers gegen die Felswände dort unten und die großen Steine des Stromes, verleihen der Umgebung eine Fröhlichkeit, die, wenn auch nur notdürftig, den unendlichen Überdruß meiner Tätigkeit als Wächter dieser verlassenen Mine besänftigen.

Es ist wahr, daß ab und zu die Goldsucher so weit flußaufwärts vordringen, um den Sand des Ufers in ihren Holzmulden zu waschen, der herbe Duft billigen Tabaks sagt mir, daß sie kommen. Ich steige zum Fluß hinab, um ihnen bei der Arbeit zuzuschauen und ein paar Worte mit ihnen zu wechseln. Sie kommen aus fernen Gegenden, und ich verstehe kaum ihren Dialekt. Ihre maßlose Geduld bei dieser peinlich genauen Arbeit, die nur geringe Früchte trägt, erstaunt mich. Einmal im Jahr kommen auch die Frauen der Zuckerrohrpflanzer an das gegenüberliegende Ufer. Sie waschen ihre Kleider in der Strömung des Flusses und klopfen sie dann an den Steinen sauber. So erfahre ich, daß sie da sind. Mit der einen oder anderen, die mit mir zur Mine hinaufkam, hatte ich auch schon ein Verhältnis. Es waren eilige, unpersönliche Begegnungen, weniger eine Angelegenheit der Lust als vielmehr des Bedürfnisses, eine fremde Haut auf der meinigen zu spüren und mit diesen flüchtigen Kontakten die

Einsamkeit zu überlisten, die mich allmählich verzehrt. Eines Tages werde ich hier herauskommen, zum Flußufer hinabsteigen und die Landstraße ausfindig machen, die zum Páramo führt. Dann hoffe ich, daß das Vergessen mir hilft, die elende Zeit, die ich hier verlebt habe, aus dem Gedächtnis zu löschen.

Der Schnee des Admirals

Bevor sie den höchsten Punkt der Kordilleren erreichten, hielten die Lastwagen an einem verwahrlosten Stall, der den Ingenieuren als Büro diente, als die Landstraße noch im Bau war. Die Fahrer der großen Lastwagen hielten dort an, um eine Tasse Kaffee oder einen Schluck Aguardiente zu sich zu nehmen und damit die Kälte des Páramo zu vertreiben. Häufig erstarrten ihnen die Hände am Steuer vor Kälte, und sie rollten den Abgrund hinab, wo die tosenden Gewässer eines Flusses die Trümmer des Wagens und die Reste der Leiche in Sekundenschnelle fortspülten. Stromabwärts, schon in den wärmeren Gegenden, kamen dann die entstellten Spuren des Unfalls wieder zum Vorschein. Die Wände des Unterschlupfes waren aus Holz, das innen schon durch den Rauch des Ofens nachgedunkelt war, auf dem Tag und Nacht Kaffee und ein notdürftiges Essen aufgewärmt wurden. Aber es kamen nur wenige Fahrer, die Hunger hatten, denn die Höhenlage erzeugte eine Übelkeit, die jeden Gedanken an Essen zunichte machte. Farbige Reklametafeln waren an die Wände genagelt, Werbung für Bier oder Schmerztabletten, auf der verführerische Frauen im Badeanzug die Frische ihres Körpers darboten in einer Landschaft mit blauen Stränden und Palmen, die dem eisigen und kargen Páramo völlig fremd ist.

Der Nebel zog über die Landstraße und befeuchtete den Asphalt, der wie ein fremdartiges Metall glänzte, und verlor sich dann zwischen den hohen Bäumen mit glatten, grauen Stämmen und kräftigen Ästen, die von ebenfalls grauen Flechten mit leuchtenden Blüten überwuchert waren, von deren Blättern ein zäher, durchsichtiger Honig tropfte.

Ein Holzbrett über dem Eingang wies in roten, schon verfärbten Buchstaben auf den Namen des Ortes hin: *»Der Schnee des Admirals«*. Den Wirt kannte man unter dem Namen ›Der Seefahrer‹, doch wußte keiner etwas über seine Herkunft oder Vergangenheit. Ein struppiger, halb ergrauter Bart bedeckte fast sein ganzes Gesicht. Er stützte sich beim Gehen auf eine Krücke, die aus dicken Bambusstöcken zusammengefügt war. An seinem rechten Bein eiterte ununterbrochen eine stinkende, regenbogenfarbene Wunde, um die er sich nie kümmerte. Er lief auf und ab, um die Kunden zu bedienen, im gleichmäßigen, geräuschvollen Rhythmus, den die Krücken auf die Holzbretter schlugen, und der dumpfe Widerhall verlor sich in der Einsamkeit des Ödlandes. Er war ein Mann, der nicht viele Worte machte. Er lächelte häufig, aber nicht über das, was er um sich herum hörte, sondern vielmehr in sich hinein, ohne Zusammenhang mit den Kommentaren der Reisenden. Eine Frau half ihm bei der Arbeit. Sie hatte wilde Gesichtszüge und wirkte in sich versunken und geistesabwesend. Zwischen den Decken und Ponchos, die sie vor der Kälte schützten, ließ sich ein noch fester Körper erahnen, der der Lust keineswegs abgeneigt war. Eine Lust, erfüllt von Essenzen, Aromen und Anklängen an Landstriche, wo die großen Flüsse unter einem grünen Pflanzengewölbe, das in der Hitze des Tieflandes stillsteht, zum Meer hinabströmen ... Manchmal hörte man die Frau singen. Sie sang mit einer dünnen Stimme, die an die schwerfälligen Vogelrufe in den glühenden Weiten der Tiefebene erinnerte.

Der Seefahrer blieb dann jedesmal in ihren Anblick versunken, während dieses helle, sinnliche Summen, das sich durch den Raum zu schlängeln schien, anhielt. Wenn die Fahrer dann zu ihren Lastwagen zurückkehrten, um vom Gebirge herab ins Tal zu fahren, nahmen sie diesen, von einer gottverlassenen Ferne und einer schicksalhaften Verlassenheit inspirierten Gesang, der sie an den Rand einer unbestimmten Sehnsucht wehte, mit auf den Weg.

Aber noch etwas in dem Laden des Seefahrers machte ihn denkwürdig für die, die dort anzuhalten pflegten und den Ort kannten: Ein enger Gang führte zu dem hinteren Balkon des Hauses, der, von Holzbalken gestützt, über einem von Farnkräutern halb verdeckten Abgrund hing. Dorthin gingen die Reisenden, um in aller Ruhe ihr Wasser abzuschlagen, ohne daß sie jemals das tropfende Geräusch vernahmen, weil es sich in dem Nebel- und Pflanzenlabyrinth des Abgrundes verlor.

An die krustigen Wände des Ganges waren Sätze, Anmerkungen und Sentenzen geschrieben. Viele von ihnen waren in der Gegend bekannt und wurden zitiert, wenn auch keiner genau sagen konnte, was sie beabsichtigten und bedeuteten. Der Seefahrer hatte sie geschrieben, und viele waren schon verblaßt durch die Kunden, die an der Wand entlangstreiften auf ihrem Weg zu dem ungewöhnlichen Abtritt.

Einige dieser Sentenzen, die beharrlich im Gedächtnis der Leute fortdauerten, sollen hier genannt werden:

Ich bin der wirre Schöpfer der geheimsten Wege, der verstecktesten Anlegeplätze. Meine Tage sind erfüllt von ihrer Nutzlosigkeit und ihrem ungewissen Ziel.

Ich bewahre diesen glatten Kieselstein. In der Stunde

deines Todes wirst du ihn auf deiner Handfläche streicheln und so die Realität deiner beklagenswerten Irrtümer vertreiben, die, zusammengenommen, deinem eitlen Dasein jeglichen Sinn raubt.

Jegliche Frucht ist ein blindes Auge, das ihren weichen Kern verkennt. Es gibt Bereiche, wo der Mensch in sein Glück die schmalen Risse seiner sinnlosen und ruhelosen Unzufriedenheit wie in eine Wand schlägt.

Folge den Schiffen! Folge den Furchen, die verbrauchte, elende Schiffe in die See pflügen. Verweile nicht. Meide selbst die armseligsten Spelunken. Fahre flußaufwärts. Fahre die Flüsse hinab. Werde eins mit dem Regen, der die Hochebenen überschwemmt. Verleugne alle Ufer.

Bemerke, wieviel Verwahrlosung an diesen Orten herrscht. So auch in den Tagen meines Lebens. Mehr war es nicht. Mehr wird es nicht mehr sein können.

Frauen lügen nie. Aus den geheimnisvollsten Winkeln ihres Körpers strömt immer nur Wahrheit. Es scheint uns auferlegt zu sein, diese Wahrheit mit unerbittlicher Nüchternheit herauszufinden. Es gibt viele, die sie nie erfahren und ausweglos blinden Sinnes sterben.

Zwei Metalle gibt es, die das Leben verlängern und manchmal auch Glück verleihen. Es ist weder Gold noch Silber noch irgend etwas, das dem ähnelt. Ich weiß nur ganz sicher, daß sie existieren.

Wäre ich doch den Karawanen gefolgt. Ich wäre gestorben, Kameltreiber hätten mich begraben, und der Kot ihrer Tiere hätte mich unter dem weiten Himmel der Bergebenen bedeckt. Besser, viel besser wäre das gewesen. Das übrige ist letztlich belanglos.

Viele andere Sentenzen hatten, wie gesagt, Hände und Körper, die durch das Halbdunkel des engen Korridors gingen, verwischt. Diese, die hier erwähnt sind, fanden unter den Bewohnern des Páramo am meisten Anklang. Sicher spielen sie auf vergangene Zeiten im Leben des Seefahrers an und sind durch den Zufall eines Gedächtnisses, das zögert, bevor es für immer erlischt, an diesen Ort gelangt.

Der Cañon des Aracuriare

Um zu verstehen, was der Aufenthalt im Cañon von Aracuriare im Leben des Seefahrers bedeutete, ist es wichtig, einige Merkmale des Ortes zu berücksichtigen, den kaum ein Mensch besucht, da er abseits von Straßen und Wegen liegt, die die Leute des Tieflandes benutzen. Zudem hat der Ort einen zwielichtigen Ruf, der nicht ganz zufällig ist, der aber auch mit seiner wirklichen Erscheinung nicht übereinstimmt.

Der Fluß strömt hier von den Kordilleren herab mit einer Flut eisigen Wassers, das gegen die großen Felsen und tückischen, glatten Steine prallt und Schaumstrudel und Wirbelströme hinterläßt und mit seinem Schwall ein ungeheures Tosen erzeugt. Es herrscht hier der Aberglaube, daß der Fluß Sandbänke mit sich fortreißt, die reich an Goldstaub sind, und oft erheben sich an seinen Ufern die notdürftigen Lager der Goldsucher, die den Sand des Ufers waschen, ohne daß je irgendein bemerkenswerter Fund gemacht worden wäre. Schon bald verlieren diese Ausländer den Mut, und Fieberkrankheiten und Plagen der Gegend verkürzen ihr Leben. Die ständige feuchte Hitze und der Mangel an Nahrungsmitteln erschöpfen jene, die nicht an die auszehrenden klimatischen Bedingungen gewöhnt sind.

Solche Unternehmen enden meistens in einem Rosenkranz bescheidener Grabhügel, wo die Knochen von Menschen ruhen, die während ihres Lebens weder Rast noch Ruhe kannten. Der Fluß verlangsamt seinen Lauf, sobald er in ein enges Tal kommt, und sein Wasser gewinnt eine friedliche Anmut, hinter der sich die geballte Kraft des Stromes verbirgt, der nun frei von Hindernissen dahinfließt. Am Ende des Tales erhebt sich ein überwältigendes Massiv aus Granitstein, das in der Mitte durch einen bedrohlichen Spalt geteilt ist. Dort tritt der Fluß ein, und seine Wasser, die mit der Feierlichkeit einer Prozession in das Halbdunkel des Cañons einlaufen, strömen schweigsam dahin. Im Inneren mit seinen steilen Wänden, die zum Himmel zu ragen scheinen und an denen spärliche Lianen und Farne verzweifelt das Licht suchen, herrscht eine Stimmung wie in einer verlassenen Kathedrale, eine Dämmerung, die manchmal von Habichten belebt wird, die in den winzigen Felsritzen ihre Nester bauen, oder von Papageienschwärmen, deren jähes Gezeter die Umgebung erfüllt, das die Nerven aufreibt und archaische Sehnsüchte weckt.

Der Fluß hat im Cañon einige schieferfarbene Strände geschaffen, die aufleuchten, wenn das Sonnenlicht für einen kurzen Augenblick auf den Grund der Schlucht fällt. Die Oberfläche des Flusses ist hier gewöhnlich so ruhig, daß man das Vorbeirauschen des Wassers kaum wahrnimmt. Nur manchmal ist ein Blubbern zu hören, das in ein fernes Seufzen mündet, ein tiefes Ächzen, das aus der Tiefe heraufdringt und die gewaltige und hinterlistige Energie verrät, die sich in diesem friedlichen Strom verbirgt.

Der Seefahrer reiste dorthin, um einige Werkzeuge, Waagen und eine Quecksilbersäule abzuliefern, die ihm ein paar Goldsucher in Auftrag gegeben hatten, welche er in einem Ölhafen an der Küste kennenlernte. Als er ankam, erfuhr er, daß seine Kunden einige Wochen zuvor umgekommen waren. Eine barmherzige Seele begrub sie am Eingang des Cañons. Auf einem wurmstichigen Brett waren ihre Namen in so undeutlicher Schrift eingeritzt, daß der Seefahrer sie kaum entziffern konnte. Er betrat den Cañon und drang immer tiefer bis zu den kleinen Stränden vor, wo er gelegentlich auf der glatten Oberfläche das Skelett eines Vogels oder die Überbleibsel eines Rindenbootes fand, das die Strömung von einem fernen, talaufwärts gelegenen Indianerdorf mitgerissen hatte.

Die klosterähnliche, anheimelnde Stille der Gegend, ihre Isoliertheit von den Wirrnissen und dem Lärm der Menschen und eine heftige, drängende Stimme in seinem Inneren, die man nicht in Worte, ja nicht einmal in Gedanken fassen konnte, waren genug, um in dem Seefahrer den Wunsch aufkommen zu lassen, eine Zeitlang zu bleiben, und sei es nur, um dem Tumult der Häfen und dem selbstgewählten Schicksal seines unersättlichen Umherirrens zu entgehen.

Mit etwas Holz und einigen Palmenblättern, die er aus der Strömung fischte, baute er sich eine Hütte auf einem flachen Schieferstein, der sich hinter dem Strand erhob, den er sich als Bleibe gewählt hatte. Die Früchte, die die Strömung ständig flußabwärts mit sich führte, und das Fleisch der Vögel, die er mühelos fing, dienten ihm als Nahrung.

Die Tage verstrichen, und ohne eine bestimmte Absicht ließ der Seefahrer sein Leben noch einmal in Gedanken an sich vorbeiziehen, eine Kette aus Irrtümern und Unglückseligkeiten, aus kurzen Glücksmomenten und blinden Leidenschaften. Er nahm sich vor, gründlich sein Leben zu überprüfen, so vollkommen und verheerend, daß er sich gänzlich dieses Wesens entledigte, das ihn sein Leben lang begleitet hatte und dem all diese Plage und Mühsal widerfahren war. Er versuchte, die eigenen Grenzen und wirklichen Schranken zu erkennen, und als er merkte, wie sich das Ich, das sein Leben bisher geprägt hatte, allmählich entfernte und schließlich völlig verschwand, blieb nur der übrig, der diese gründliche Erforschung vornahm. Als er in dem Versuch fortfuhr, das neue Wesen genauer kennenzulernen, das aus seinem verborgensten Kern hervorging, erfüllte ihn plötzlich Jubel und Erstaunen. Ein dritter Beobachter wartete gelassen auf ihn und gewann in seinem Innersten selbst an Konturen und nahm dort Gestalt an. Er war sich sicher, daß dieser, der nie an irgendeiner Episode seines Lebens beteiligt gewesen war, dennoch die ganze Wahrheit kannte, alle Wege, alle Beweggründe, die sein Schicksal webten, das sich jetzt in seiner schlichten Klarheit zeigte und das ihm plötzlich vollkommen unnütz und wertlos vorkam. Als er sich aber diesem absoluten Zeugen seiner selbst stellte, spürte er auch jene heitere und tröstende Anerkennung, die er so lange vergeblich in seinen Abenteuern gesucht hatte.

Bis zu dieser Begegnung hatte der Seefahrer im Cañon mühseliges Suchen, Erwägen und unerwartete Überraschungen durchlebt. Die Umgebung des Ortes, in der es wie in einer Basilika hallte, und das ockerfarbene Tuch des Wassers, das sich betäubend langsam fortbewegte, vermischten sich in seinem Gedächtnis mit der inneren, allmählichen Verwandlung, die ihn mit jenem dritten, gelassenen Beobachter seines Wesens bekannt machte, über den er weder Sentenzen schrieb noch Loblieder oder abweisende Worte äußerte. Dieser beschränkte sich nun darauf, ihn mit dem starren Blick von einem anderen

Stern aus zu beobachten, der, gleich einem Spiegel, die ungewöhnliche Kette der Augenblicke seines Lebens zurückwarf. Maqroll überkam eine Gelassenheit, die sich mit einer Art fieberhafter Freude mischte und ihm wie eine Verheißung des Glücks erschien, das wir alle, bevor wir sterben, zu erreichen hoffen, das sich aber, je weiter die Jahre fortschreiten und die Enttäuschung wächst, die sie mit sich bringen, immer mehr entschwindet.

Der Seefahrer spürte, daß, wenn dieser erfüllte Zustand, den er sich gerade erst erkämpft hatte, andauerte, das Sterben seine Tragik verlieren würde und dann nichts anderes wäre als eine weitere Episode in einem Libretto, das man so leicht akzeptiert, wie man um eine Ecke geht oder sich im Schlaf umdreht. Die Granitwände, das träge Fließen des Wassers, seine spiegelnde Oberfläche und die echoerfüllte Leere des Ortes schienen ihm ein ahnungsvolles Bild des Reiches der Vergessenen zu geben, der Hoheitsgebiete des Todes, der inmitten der Prozession seiner schlaflosen Kreaturen thront.

Da er wußte, daß sich die Dinge von nun an völlig anders gestalten würden als in der Vergangenheit, zögerte der Seefahrer, die Gegend zu verlassen und die Orte der Menschen wieder aufzusuchen. Er fürchtete, seine gerade erworbene Gelassenheit zu verlieren. Schließlich fügte er mit Hilfe von Lianen einige Floßbretter zusammen, erreichte damit die Mitte des Flusses und schiffte flußabwärts durch die enge Schlucht. Eine Woche später erreichte er das helle Licht im Delta, wo der Fluß sich mit dem ruhigen Meer vereint und zarte Nebelwolken die Ferne steigern und den Horizont unendlich erweitern.

Er sprach mit niemandem über seinen Aufenthalt im

Cañon des Aracuriare. Was hier niedergelegt ist, entstammt einigen Notizen, die im Schrank eines miserablen Hotels gefunden wurden, wo er die letzten Tage verbrachte, bevor er ins Schwemmland aufbrach.

Der Besuch des Seefahrers

Sein Äußeres war völlig verändert. Nicht, daß er etwa älter aussah oder zermürbt durch die Jahre und das rauhe Klima. So lange konnte er nicht weggewesen sein. Es lag an etwas anderem. Etwas, das sein Blick verriet, der halb ausweichend, halb müde schien. Etwas an seinen Schultern, die jeglichen Ausdruck der Bewegung verloren hatten und steif waren, als müßten sie nicht mehr das Gewicht der Jahre tragen, den Sporn der Freuden und Niederlagen aushalten. Die Stimme war hörbar erloschen und klang neutral und belegt. Es war die Stimme eines Menschen, der spricht, weil ihm das Schweigen der anderen unerträglich wäre.

Er brachte einen Schaukelstuhl auf die Terrasse, von wo aus man auf die Kaffeepflanzungen am Flußufer blickte. Er ließ sich in erwartungsvoller Haltung auf ihm nieder, als ob die nächtliche Brise, die nicht lange auf sich warten lassen würde, sein tiefes, aber unbestimmtes Unglück erleichtern könnte. Die Strömung schlug gegen die großen Steine, begleitete aus der Ferne seine Worte und gab der monotonen Wiederholung seiner Geschichten eine gedämpfte Fröhlichkeit. Er brachte die immer gleichen Themen nun in einer teilnahmslosen und eintönigen Leier vor, die ihn als hoffnungslos Besiegten und als Geisel des Nichts verriet.

»Ich verkaufte Frauenkleider an der Furt des Guásimoflusses. Dort kamen an den Feiertagen die Frauen vom Páramo vorbei, und da sie den Fluß zu Fuß überqueren mußten und ihre Kleider naß wurden, auch wenn sie sich diese bis zur Hüfte aufkrempelten, so kauften sie mir am Ende doch immer etwas ab, um nicht in diesem Aufzug ins Dorf gehen zu müssen.«

»Früher hätten mich diese braunen, kräftigen Schenkel, diese runden und festen Hintern und Bäuche, die einer Taubenbrust glichen, in eine unerträgliche Erregung versetzt. Ich verließ den Ort, als ein eifersüchtiger Bruder mit der Machete auf mich losging, weil er glaubte, daß ich gerade mit einem lächelnden, grünäugigen Mädchen anbändelte, der ich einen geblümten Baumwollüberrock anprobierte. Sie konnte ihm noch rechtzeitig Einhalt gebieten. Ein plötzlicher Ärger brachte mich dazu, die Ware in wenigen Stunden total zu verkaufen und für immer den Ort zu verlassen.«

»Zu der Zeit lebte ich einige Monate in einem Eisenbahnwagen, den man am Rande einer Straße hatte stehen lassen, die schließlich doch nicht gebaut wurde. Ich erzählte Ihnen schon einmal davon. Das ist aber unwichtig.«

»Später ging ich hinunter zu den Häfen und ließ mich von einem Frachter anheuern, der in unbarmherzig kalten und nebligen Gegenden Handel trieb. Um mir die Zeit und meine Langeweile zu vertreiben, ging ich in den Maschinenraum hinunter und erzählte den Heizern die Geschichte der vier letzten Grafen von Burgund. Ich mußte brüllen, um mich gegen das Krachen der Heizöfen und das Getöse der Pleuelstangen verständlich zu machen. Immer wieder baten sie mich, ihnen noch einmal den Mord an Jean sans Peur durch die Untergebenen des Königs auf der Brücke Montereau zu schildern oder die Hochzeit Karls des Schrecklichen mit Margret von York. Ich tat schließlich während dieser endlosen

Seereise durch Rauchnebel und große Eisblöcke nichts anderes mehr. Der Kapitän vergaß mich völlig bis zu dem Tag, da der Aufseher ihm mit der Geschichte kam, daß ich die Heizer nicht in Ruhe arbeiten ließe und ihnen den Kopf mit Geschichten von unerhörten Morden und Attentaten verdrehte. Er hatte mich dabei ertappt, wie ich vom Ende des letzten Herzogs von Nancy erzählte, und wer weiß, was daraufhin in dem Kopf des armen Mannes vorging. Ich mußte das Schiff in einem Scheldehafen verlassen, mit nichts weiter als meinen geflickten Lumpen und einem Verzeichnis der anonymen Grabmäler des Friedhofs ›Hoher St.-Lazarusfelsen‹ im Gepäck.«

»Damals veranstaltete ich einen Tag mit Predigten und Hallelujas am Ausgang der Raffinerien des Río Mayor. Ich verkündete die Ankunft eines neuen Gottesreiches, in dem Sünden und Strafen genau gegeneinander aufgerechnet würden, so daß auf uns zu jeder Tages- und Nachtzeit ein unglaublicher Schrecken oder ein kurzes, wenn auch intensives Glück warten kann. Ich verkaufte kleine Blätter, bedruckt mit den ›Litaneien des guten Sterbens‹, die das Wesentliche dieser Lehre enthielten. Ich habe sie schon fast alle vergessen, obgleich ich mich in Träumen manchmal an drei dieser Anrufungen erinnere:

Schiene des Lebens, laß ab von deinem Groll
Wasserauge, sammle die Schatten ein
Engel des Schmutzes, stutze deine Flügel.«

»Manchmal überkommen mich Zweifel, ob diese Sentenzen wirklich Teil der Litaneien waren oder ob sie nicht vielmehr einem meiner üblichen, düsteren Träume entsprangen. Nun, es ist nicht der Moment, das zu ergründen, und es interessiert mich auch nicht im geringsten.«

Der Seefahrer unterbrach unvermittelt die Erzählung seiner immer heikleren Abenteuer und stürzte sich in einen langen, weitschweifigen, absichtslosen Monolog, den ich aber wortgetreu, wenn auch mit leichtem, unerklärlichem Unbehagen in Erinnerung behalten habe:

»Schließlich haben all diese Geschäfte, Begegnungen und Orte aufgehört, der wirkliche Kern meines Lebens zu sein, so daß ich nicht mehr weiß, welche ein reines Produkt meiner Phantasie sind und welche auf wahren Erlebnissen beruhen. Auf diese Weise und mit ihrer Hilfe versuche ich vergeblich, einigen Wahnvorstellungen zu entfliehen, die tatsächlich hartnäckig sind, wirklich und wahrhaftig. Sie schürzen den letzten Knoten, das offensichtliche Schicksal meines Weges durch die Welt. Es ist nicht einfach, sie herauszufinden und beim Namen zu nennen, aber es wären ungefähr folgende:

›*Einen Glückszustand durchlaufen, der an gewisse Tage der Kindheit erinnert, im Tausch gegen die Einwilligung in ein verkürztes Leben.*‹

›*Die Einsamkeit verlängern, ohne die Furcht vor der Begegnung mit dem, der wir in Wahrheit sind, vor der Begegnung mit dem, der mit uns spricht und sich verbirgt, um uns nicht in ein auswegloses Entsetzen zu tauchen.*‹

›*Erkennen, daß keiner dem anderen zuhört. Niemand etwas vom anderen weiß. Daß das Wort an sich schon ein Betrug ist, eine Falle, die das notdürftige Gerüst unserer Träume und Wahrheiten verhüllt, maskiert und vergräbt, die alle unter dem Zeichen des Unsagbaren stehen.*‹

›Vor allem lernen, der Erinnerung zu mißtrauen. Was wir zu erinnern glauben, ist weit entfernt von dem, was wirklich geschah. Wie viele Augenblicke eines peinlichen und verwirrenden Überdrusses erscheinen dem Gedächtnis Jahre später als Augenblicke strahlenden Glücks. Die Nostalgie ist die Lüge, dank derer wir uns dem Tod rascher nähern. Ohne Erinnerung zu leben ist vielleicht das Geheimnis der Götter.‹

Wenn ich mein Wanderleben zwischen Gebirge und Tiefland, mein Scheitern, meine kindischen Träume und heimlichen Orgien immer wieder beschreibe, so nur deshalb, um zwei oder drei bestialische Schreie, ein herzzerreißendes Stöhnen, das wie aus einer Höhle hervorzubrechen scheint, gleichsam in der Luft festzuhalten, obschon ich damit viel deutlicher sagen könnte, was ich wirklich fühle und bin. Aber genug, ich schweife ab und dazu bin ich nicht hier.
Seine Blicke gewannen eine bleierne Starre, als ob sie an einer dicken Mauer ungeheuren Ausmaßes hingen. Seine Unterlippe zitterte leicht. Er verschränkte die Arme über der Brust und begann langsam zu schaukeln, als täte er es im Rhythmus des raunenden Flusses. Ein Geruch von frischer Tonerde, ausgelaugten Pflanzen und verfaulten Baumsäften sagte uns, daß die Flut kam. Der Seefahrer blieb lange Zeit still, bis die Nacht heraufzog mit jener berauschenden Finsternis, mit der sie in den Tropen einbricht. Unerschrockene Leuchtkäfer tanzten in der lauen Stille der Kaffeepflanzen. Erneut begann er zu sprechen und verlor sich in Gedankengängen, deren Sinn mir immer stärker entglitt, je tiefer er in die dunkelsten Bereiche seiner Seele eindrang. Dann kehrte er auf einmal

wieder zu Erlebnissen der Vergangenheit zurück, so daß ich den Faden seines Monologs wieder aufgreifen konnte:

»Das Leben hat mir wenig Überraschungen beschert«, sagte er, »und keine ist es wert, erzählt zu werden, aber für mich besitzt jede die finstere Kraft einer Sturmglocke. Eines Morgens, während ich mich im verwahrlosten Zimmer eines elenden Bordells in einem Flußhafen in der sengenden Hitze anzog, stieß ich auf das Foto meines Vaters, das dort an der Holzwand hing. Es zeigte ihn in einem Schaukelstuhl aus Korbweiden, in der Vorhalle eines weißen Hotels in der Karibik. Meine Mutter hatte es immer auf ihrem Nachttisch stehen und bewahrte es auch in der langen Zeit ihres Witwendaseins an dem gleichen Platz auf. ›Wer ist das?‹ fragte ich die Frau, mit der ich die Nacht verbracht hatte und an der ich erst jetzt das liederliche Chaos ihres Fleisches und die Gemeinheit ihrer Gesichtszüge wahrnahm. ›Es ist mein Vater‹, antwortete sie mit einem schüchternen Lächeln, das ihren zahnlosen Mund enthüllte, während sie ihre wohlbeleibte Nacktheit unter einem naßgeschwitzten, elenden Bettuch verbarg. ›Ich habe ihn nie kennengelernt, aber meine Mutter, die auch hier gearbeitet hat, erinnerte sich gut an ihn und bewahrte sogar einige Briefe von ihm auf, als ob diese sie für immer jung erhalten würden.‹ Ich zog mich vollends an und verschwand in die breite und staubige Straße, auf die schon die Sonne brannte und die sich mit lärmenden Radios, dem Geklapper von Tellern und Bestecken füllte. Die Kaffees und Kantinen belebten sich mit der üblichen Kundschaft von Fernfahrern, Viehhändlern und Soldaten des Militärflughafens. Ich dachte mit ohnmächtiger Trauer, daß ich ausgerechnet diese Straße des Lebens nie hätte überqueren sollen. Pech!«

»Ein anderes Mal landete ich in einem Krankenhaus im Amazonasgebiet, um einen Malariaanfall auszukurieren, der mir allmählich die Kräfte raubte und mich ständigen Fieberträumen aussetzte. Die Hitze in der Nacht war unerträglich. Aber sie riß mich gleichzeitig aus diesen rasenden Schwindelanfällen, bei denen irgendein idiotischer Satz oder der Tonfall einer Stimme, die ich unmöglich identifizieren konnte, im Mittelpunkt standen, um die das Fieber kreiste, bis mir alle Knochen schmerzten. Neben mir lag ein Geschäftsmann, den eine giftige Spinne gestochen hatte, und fächelte die schwarze Pustel, die seine ganze linke Körperseite bedeckte. ›Sie heilt schon‹, verkündete er mit freudiger Stimme. ›Sie heilt schon, und ich werde bald hier herauskommen, um das Geschäft abzuschließen. Ich werde so reich sein, daß ich mich nie mehr an dieses Krankenhaus oder diesen beschissenen Urwald zu erinnern brauche, der nur für Affen und Kaimane taugt.‹ Das Geschäft hatte etwas zu tun mit dem komplizierten Handel mit Ersatzteilen für die Wasserflugzeuge, die das Gebiet dank besonderer Lizenzen der Armee anfliegen konnten, die sie von Zollaufsicht und Steuern befreiten. So etwa habe ich es jedenfalls im Gedächtnis behalten, denn der Mann neben mir verlor sich nächtelang in die winzigsten Einzelheiten der Sache, die ich nach und nach in die Fieberträume der Malariakrise einbaute. In der Morgendämmerung gelang es mir dann endlich einzuschlafen, aber immer nur belagert von Schmerz und Panik, die mich bis in die späte Nacht hinein begleiteten. ›Schauen Sie, hier sind die Papiere. Die werden alle reinfallen. Sie werden schon sehen. Morgen werde ich sicher herauskommen.‹ Das sagte er mir eines Nachts und wiederholte es mit wütender Beharrlichkeit, während er eine Hand voll blauer und rosafarbener Papiere voller Stempel und Aufschriften in drei verschiedenen Sprachen in der Luft schwenkte. Das letzte, was ich von ihm hörte, bevor ich in einen tiefen Fieberrausch fiel, war: ›Ach, welch eine Erholung, was für ein Glück. Die Scheiße ist endlich vorbei.‹ Der Knall eines Schusses, dessen Klang mir das Ende der Welt anzukündigen schien, weckte mich auf. Ich drehte mich nach meinem Nachbarn um: Sein Kopf, von der Kugel zerschmettert, zitterte noch wie eine schwammige Frucht, die verwest. Man brachte mich in einen anderen Raum, und dort schwebte ich zwischen Leben und Tod bis zur Regenzeit, deren frische Brise mir neues Leben einflößte.«

»Ich weiß nicht, warum ich Ihnen das alles erzähle. Eigentlich kam ich nur, um Ihnen diese Papiere zu geben. Sie werden schon sehen, was Sie damit anfangen, falls wir uns nicht wiedersehen. Sie enthalten einige Briefe aus meiner Jugend, ein paar Pfandscheine und die Entwürfe für mein Buch, das ich nun niemals fertig schreiben werde. Es handelt sich um einen Forschungsbericht über die Beweggründe Césare Borgias, des Grafen von Valentinois, sich an den Hof seines Schwagers, des Königs von Navarra, zu wenden und ihn im Kampf gegen den König von Aragón zu unterstützen, und über die Umstände seines Todes, als einige Soldaten ihn in der Morgendämmerung in einem Vorort von Viana in den Hinterhalt lockten. Diese Geschichte hat verschlungene Hintergründe und dunkle Seiten, die ich einmal für aufklärungswürdig hielt. Ich hinterlasse Ihnen auch ein eisernes Kreuz, das ich auf einer Schädelstätte der Almogávares[17], im Garten einer verlassenen Moschee der Vororte Anatoliens fand. Es hat mir immer Glück gebracht, aber ich glaube, es ist jetzt an der Zeit, ohne dieses Zeichen zu reisen. Ich lasse Ihnen auch die Rechnungen und Belegscheine hier, Beweise für meine Unschuld in der Sache mit der Sprengstoffabrik in den Minen von ›El Sereno‹. Mit ihrem Erlös wollten wir uns, d. h. die ungarische Spiritistin, die damals meine Gefährtin war, und ein paraguayischer Geschäftspartner, nach Madeira zurückziehen. Sie flohen mit allem, und mir blieb es überlassen, die Rechnungen zu begleichen. Die Angelegenheit ist schon seit langem abgeschlossen, aber ein gewisser Ordnungssinn zwang mich, diese Belege aufzubewahren, die ich nun auch nicht mehr mit mir herumtragen will.«

»Gut, nun verabschiede ich mich. Ich bringe einen leeren Planchón bis zur Ciénaga des Märtyrers, einer sumpfigen Salzwasserlagune nahe am Meer, und falls ich flußabwärts einige Passagiere bekomme, habe ich genug Geld, um wieder an Bord zu gehen.«

Er stand auf und gab mir die Hand mit der etwas feierlichen und militärischen Haltung, die ihm eigen war. Bevor ich noch darauf bestehen konnte, daß er die Nacht hier verbringt und erst in der Morgendämmerung die Reise flußabwärts antritt, war er schon zwischen den Kaffeepflanzen verschwunden und pfiff ein altes, ziemlich kitschiges Lied vor sich hin, das unsere Jugend verklärt hatte. Ich blätterte seine Papiere durch und fand darunter eine ganze Reihe Spuren seines vergangenen Lebens, die er niemals erwähnt hatte. Damit war ich beschäftigt, als ich dort unten den Widerhall seiner Schritte auf der Brücke hörte, die über den Fluß geht, und das

Echo, das das Zinkdach zurückwarf. Ich spürte, daß er fort war, und begann mir seine Stimme und seine Gesten in Erinnerung zu rufen. Die Verwandlung, die ich an ihnen so deutlich wahrgenommen hatte, erschien mir in diesem Augenblick wie ein unheilvoller Fingerzeig, daß ich ihn niemals wiedersehen würde.

Anmerkungen

1 *Ernesto Volkening* kolumbianischer Literaturkritiker und Essayist.

2 *Emile Verhaeren* belgischer Dichter (1855-1916), Verfasser symbolistischer Lyrik.

3 *Ludwig von Orléans* Orléans, seit 1344 Herzogstitel. Ludwig, Graf von Valois (1372-1407), Bruder Karls VI., seit 1392 Herzog von Orléans.

4 *Ramón Berenguer* Ramón Berenguer III., Graf von Barcelona. 1098 heiratete er die Tochter des Cid, um einen Streit zwischen den früheren Grafen von Barcelona und dem Cid Campeador beizulegen.

5 *Jean sans Peur* Herzog von Burgund (1404-1419). Sohn Philipps des Kühnen. Machthungrig und skrupellos ließ er Ludwig von Orléans, den Bruder des geisteskranken Karl VI., ermorden (1407) und beherrschte dann den französischen Hof. Er scheute weder ein Bündnis mit den Parisern noch mit den Engländern, um der Partei der Armagnac Herr zu werden.

6 *El Cid Campeador* eigentlich: Rodrigo Ruy Díaz de Vivar (1043-1099). Spanischer Nationalheld. Der Cid eroberte 1094 das Maurenreich Valencia. Dichterisch gestaltet zum ersten Mal im ›Cantar de Mio Cid‹ (12.Jh.).

7 *Kordilleren* die Andenkordilleren, die sich in Kolumbien in drei Bergketten aufteilen: die Ost-, Zentral- und Westkordillere.

8 *Xurandó* fiktiver Name für einen Fluß, der allerdings von seiner Beschreibung her an der Pazifikküste Kolumbiens liegen könnte.

9 *Colemanlampe* Petroleumlampe der Marke ›Coleman‹.

10 *Limetta* Limone, kleine, grüne Zitronenart.

11 *Planchón* Flußkahn mit flachem Kiel.

12 *Llanos* Tiefebenen; Landschaft im Osten Kolumbiens, die an Venezuela grenzt.

13 *Plátanos* Bananenart, die gebraten wird. Typisch kolumbianisches Gericht.

14 *Aguardiente* Zuckerrohrschnaps mit Anisgeschmack.

15 *Páramo* hochgelegenes Ödland mit karger Bepflanzung.

16 *Yuca* Eine Maniokart, die kartoffelähnlich schmeckt und gebraten oder gekocht gegessen wird. Ebenfalls ein typisch kolumbianisches Gericht.

17 *Almogávares* Landbewohner aus Aragonien und Katalonien.

Inhalt

Prolog
9

Tagebuch des Seefahrers
15

Weitere Berichte über Maqroll, den Seefahrer

Cocora
137

Der Schnee des Admirals
143

Der Cañon des Aracuriare
148

Der Besuch des Seefahrers
154

112/1/9.93

Lateinamerikanische Literatur in der edition suhrkamp und in den suhrkamp taschenbüchern

Carmen Boullosa: Sie sind Kühe, wir sind Schweine. Roman. Aus dem Spanischen von Erna Pfeiffer. es 1866

Ignácio de Loyola Brandão: Kein Land wie dieses. Aufzeichnungen aus der Zukunft. Aus dem brasilianischen Portugiesisch von Ray-Güde Mertin. es 1236

– Null. Prähistorischer Roman. Aus dem brasilianischen Portugiesisch und mit einem Nachwort von Curt Meyer-Clason. st 777

Guillermo Cabrera Infante: Drei traurige Tiger. Roman. Aus dem Spanischen von Wilfried Böhringer. st 1714

Alejo Carpentier: Explosion in der Kathedrale. Roman. Aus dem Spanischen von Hermann Stiehl. st 370

– Die Harfe und der Schatten. Roman. Aus dem Spanischen von Anneliese Botond. st 1024

– Die Methode der Macht. Roman. Aus dem Spanischen von Elke Wehr. st 1979

– Stegreif und Kunstgriff. Essays zur Literatur, Musik und Architektur in Lateinamerika. Aus dem Spanischen von Anneliese Botond. es 1033

– Die verlorenen Spuren. Roman. Aus dem Spanischen von Anneliese Botond. st 808

José Cândido de Carvalho: Der Oberst und der Werwolf. Roman. Aus dem brasilianischen Portugiesisch von Curt Meyer-Clason. st 1092

Rosario Castellanos: Die Neun Wächter. Roman. Aus dem mexikanischen Spanisch von Fritz Vogelgsang. Mit einem Nachwort von Elena Poniatowska. st 1980

Gregorio Condori Mamani: »Sie wollen nur, daß man ihnen dient ...« Autobiographie. Aus dem Spanischen von Karin Schmidt. es 1230

Julio Cortázar: Alle lieben Glenda. Erzählungen. Aus dem Spanischen von Rudolf Wittkopf. st 1576

– Bestiarium. Erzählungen. Aus dem Spanischen von Rudolf Wittkopf. st 543

– Ende des Spiels. Erzählungen. Aus dem Spanischen von Wolfgang Promies. st 373

– Das Feuer aller Feuer. Erzählungen. Aus dem Spanischen von Fritz Rudolf Fries. st 298

– Die geheimen Waffen. Erzählungen. Aus dem Spanischen von Rudolf Wittkopf. st 672

– Geschichten der Cronopien und Famen. Aus dem Spanischen von Wolfgang Promies. st 1981

– Die Gewinner. Roman. Aus dem Spanischen von Christa Wegen. st 1761

112/2/9.93

Lateinamerikanische Literatur in der edition suhrkamp und in den suhrkamp taschenbüchern

Julio Cortázar: Ein gewisser Lukas. Aus dem Spanischen von Rudolf Wittkopf. st 1937
– Letzte Runde. Aus dem Spanischen von Rudolf Wittkopf. es 1140
– Das Observatorium. Aus dem Spanischen von Rudolf Wittkopf. Mit Fotos von Julio Cortázar unter Mitarbeit von Antonio Gálvez. es 1527
– Oktaeder. Erzählungen. Aus dem Spanischen von Rudolf Wittkopf. st 1295
– Passatwinde. Erzählungen. Aus dem Spanischen von Rudolf Wittkopf. st 1370
– Rayuela. Himmel und Hölle. Roman. Aus dem Spanischen von Fritz Rudolf Fries. st 1462
– Reise um den Tag in 80 Welten. Aus dem Spanischen von Rudolf Wittkopf. es 1045

Oswaldo França Junior: Jorge, der Brasilianer. Roman. Aus dem brasilianischen Portugiesisch von Inés Koebel. es 1571

Der Frauenheld. Geschichten der Liebe aus Lateinamerika. Herausgegeben und mit einem Nachwort versehen von Michi Strausfeld. st 1296

Carlos Fuentes: Nichts als das Leben. Roman. Deutsch von Christa Wegen. st 343

Fernando Gabeira: Die Guerilleros sind müde. Aus dem brasilianischen Portugiesisch übersetzt und herausgegeben von Henry Thorau und Marina Spinu. Nachwort von Hans Füchtner. st 737

Rómulo Gallegos: Canaima. Roman. Aus dem Spanischen übertragen von Doris Deinhard. st 1639

Lateinamerika. Gedichte und Erzählungen 1930-1980. Herausgegeben mit einer Einleitung und Hinweisen zu den Verfassern von José Miguel Oviedo. st 810

Lateinamerikaner über Europa. Herausgegeben von Curt Meyer-Clason. es 1428

José Lezama Lima: Die amerikanische Ausdruckswelt. Aus dem Spanischen von Gerhard Poppenberg. es 1457
– Paradiso. Roman. Aus dem Spanischen von Curt Meyer-Clason unter Mitwirkung von Anneliese Botond. st 1005

Osman Lins: Die Königin der Kerker Griechenlands. Roman. Aus dem brasilianischen Portugiesisch von Marianne Jolowicz. st 1431

Clarice Lispector: Die Passion nach G. H. Roman. Aus dem brasilianischen Portugiesisch von Christiane Schrübbers und Sarita Brandt. st 1724

Angeles Mastretta: Mexikanischer Tango. Roman. Aus dem Spanischen von Monika López. st 1787

112/3/9.93

Lateinamerikanische Literatur in der edition suhrkamp und in den suhrkamp taschenbüchern

Pablo Neruda: Liebesbriefe an Albertina Rosa. Zusammengestellt, eingeleitet und mit Anmerkungen versehen von Sergio Fernández Larrain. Aus dem Spanischen von Curt Meyer-Clason. st 829

Juan Carlos Onetti: Das kurze Leben. Roman. Aus dem Spanischen von Curt Meyer-Clason. st 661

– Lassen wir den Wind sprechen. Roman. Aus dem Spanischen von Anneliese Botond. st 1763

– So traurig wie sie. Erzählungen. Aus dem Spanischen von Wilhelm Muster. st 1601

Octavio Paz: Essays I/II. 2 Bände. Aus dem Spanischen von Carl Heupel und Rudolf Wittkopf. st 1036

– Gedichte. Spanisch und deutsch. Übertragung von Fritz Vogelgsang. st 1832

– Der menschenfreundliche Menschenfresser. Geschichte und Politik 1971-1980. Aus dem Spanischen von Rudolf Wittkopf und Carl Heupel. es 1064

– Nackte Erscheinung. Das Werk von Marcel Duchamp. Aus dem Spanischen von Rudolf Wittkopf. st 1833

– Suche nach einer Mitte. Die großen Gedichte. Spanisch und deutsch. Übersetzung Fritz Vogelgsang. Nachwort Pere Gimferrer. es 1008

– Zwiesprache. Essays zu Kunst und Literatur. Aus dem Spanischen von Elke Wehr und Rudolf Wittkopf. es 1290

Elena Poniatowska: Lieber Diego. Aus dem Spanischen von Astrid Schmitt. st 1592

– Stark ist das Schweigen. Vier Reportagen aus Mexiko. Aus dem Spanischen von Anna Jonas und Gerhard Poppenberg. Mit Abbildungen. st 1438

Manuel Puig: Die Engel von Hollywood. Roman. Aus dem Spanischen von Anneliese Botond. st 1165

– Herzblut erwiderter Liebe. Roman. Aus dem brasilianischen Portugiesisch von Karin von Schweder-Schreiner. st 1469

– Der Kuß der Spinnenfrau. Roman. Aus dem Spanischen von Anneliese Botond. st 869

– Der schönste Tango der Welt. Ein Fortsetzungsroman. Aus dem Spanischen von Adelheid Hanke-Schaefer. st 474

– Verraten von Rita Hayworth. Roman. st 344

Horacio Quiroga: Geschichten von Liebe, Irrsinn und Tod. Aus dem Spanischen von Wilfried Böhringer, Hans-Otto Dill, Astrid Schmitt und Erna Stoldt. PhB 248. st 1711

112/4/9.93

Lateinamerikanische Literatur in der edition suhrkamp und in den suhrkamp taschenbüchern

José Revueltas: Die Schwester, die Feindin. Erzählungen. Aus dem Spanischen von Monika López. es 1155

Darcy Ribeiro: Maíra. Roman. Aus dem brasilianischen Portugiesisch von Heidrun Adler. st 809

– Wildes Utopia. Sehnsucht nach der verlorenen Unschuld. Eine Fabel. Aus dem brasilianischen Portugiesisch von Maralde Meyer-Minnemann. es 1354

João Ubaldo Ribeiro: Brasilien, Brasilien. Roman. Aus dem brasilianischen Portugiesisch von Curt Meyer-Clason und Jacob Deutsch. st 1835

– Sargento Getúlio. Roman. Aus dem brasilianischen Portugiesisch übersetzt und mit einem Nachwort versehen von Curt Meyer-Clason. es 1183

Manuel Rojas: Der Sohn des Diebes. Roman. Aus dem Spanischen von Anton Maria Rothbauer. st 2218

Murilo Rubião: Der Feuerwerker Zacharias. Erzählungen. Aus dem brasilianischen Portugiesisch und mit einem Nachwort von Ray-Güde Mertin. st 2151

Alberto Ruy Sánchez: Octavio Paz. Leben und Werk. Eine Einführung. Aus dem Spanischen von Thomas Brovot. st 1894

Sérgio Sant'Anna: Das kosmische Ei. Drei Geschichten. Aus dem brasilianischen Portugiesisch von Frank Heibert. es 1894

Osvaldo Soriano: Traurig, einsam und endgültig. Auf den Spuren von Laurel und Hardy in Hollywood. Roman. Aus dem Spanischen von Heidrun Adler. st 928

Márcio Souza: Der fliegende Brasilianer. Roman. Aus dem brasilianischen Portugiesisch von Karin von Schweder-Schreiner. st 2155

Antônio Torres: Diese Erde. Aus dem brasilianischen Portugiesisch übertragen und mit einem Nachwort versehen von Ray-Güde Mertin. es 1382

Dalton Trevisan: Ehekrieg. Erzählungen. Aus dem brasilianischen Portugiesisch von Georg Rudolf Lind. es 1041

Mario Vargas Llosa: Gegen Wind und Wetter. Literatur und Politik. Aus dem Spanischen von Elke Wehr. es 1513

– Der Geschichtenerzähler. Roman. Aus dem Spanischen von Elke Wehr. st 1982

– Gespräch in der Kathedrale. Roman. Aus dem Spanischen von Wolfgang A. Luchting. st 1015

– Das grüne Haus. Roman. Aus dem Spanischen von Wolfgang A. Luchting. st 342

– Der Hauptmann und sein Frauenbataillon. Roman. Aus dem Spanischen von Heidrun Adler. st 959

112/5/9.93

Lateinamerikanische Literatur in der edition suhrkamp und in den suhrkamp taschenbüchern

Mario Vargas Llosa: Die jungen Hunde. Erzählung. Aus dem Spanischen von Alexander Luchting. Mit einem Nachwort von José Miguel Oviedo. st 1841

– Der Krieg am Ende der Welt. Roman. Aus dem Spanischen von Anneliese Botond. st 1343

– La Chunga. Ein Stück. Aus dem Spanischen von Dagmar Ploetz. es 1555

– Lob der Stiefmutter. Roman. Aus dem Spanischen von Elke Wehr. st 2200

– Maytas Geschichte. Roman. Aus dem Spanischen von Elke Wehr. st 1605

– Die Stadt und die Hunde. Roman. Aus dem Spanischen von Wolfgang A. Luchting. st 622

– Tante Julia und der Kunstschreiber. Roman. Aus den Spanischen von Heidrun Adler. st 1520

– Die Wahrheit der Lügen. Aus dem Spanischen von Elke Wehr. Erstausgabe. st 2283

– Wer hat Palomino Molero umgebracht? Roman. Aus dem Spanischen von Elke Wehr. st 1786

112/6/9.93